四国遍路

いよのみち

中地中

土曜美術社出版販売

四国遍路
詩集　いよのみち

目次

カバー画／中地　美《あい》「雪」二〇〇五年　油彩

四国遍路　いよのみち

まえがき

四国遍路『いよのみち』は四国の霊場八十八ヵ所の内、伊予の国（愛媛県）の四〇番札所観自在寺から六五番三角寺までを対象としています。

愛媛県のえひめの地名は、『古事記』に《伊予国謂愛比賣》とあり、《うるわしい女神》の国とうたわれています。愛媛県は江戸時代まで、松山藩、西条藩、大洲藩など八つの藩（伊予八藩）ごとに統治されていました。明治以降、幾度かの変遷を経て明治二十一年に一つの県として統合された経緯があります。現在の愛媛県は、東予、中予、南予に三分されています。東予は、古くは別子銅山が新居浜市に立地し、今治市には村上水軍の流れをくむ造船業が中核産業として繁盛してきました。

本詩集『いよのみち』は、各寺を点として、各寺を繋ぐ遍路の道を線として、点と線を包含する面としては、四国の自然とそこに土着している風土、そしてその底流に流れる宗教観を表現しようと試みました。これらの関係は、密接に相互に関係しあう三位一体にあると考え、詩として編んでみました。

伊予は菩提の門、あるいは菩提の道場などと言われています。この菩提とはどういう意味なのか。その真意を現地を歩いて探ってみました。さらに、そもそも菩提とは、「煩悩を断じて、不生、不滅の理を悟り、仏果を得ること」と説明されています。しかし、あえて、この定義された菩提の概念にこだわらず、遍路の動線のなかで、人間の有なる存在とは何か、あるいは、やがて無の存在となる意味とはどういうことなのか。人間の赤裸々な本質を焦点として、菩提の姿見をえぐり出すことを底流において、探求する姿勢を重視しました。その原風景は、私という個人が考える菩提とは何なのかを突き詰めたいからです。それにもう一点、私という個体が生きた生命の期間を題材の対象にしたいからです。私の死後、何が起ころうとも、それは私個人、私の意志の対象とはならないし、まったく無意味と判断し、非対象としました。

この視点から伊予の各寺を遍路し、道行きで袖ふり合う現地の人々の生の息吹、純真な感情、各寺の縁起、歴史的意義や底流に流れる宗教的位置づけ、お接待の今日的意義、大自然の雄大な営みに触れながら、一歩一歩歩きながら巡礼しました。

一国詣を終えると私の脚は悲鳴をあげ、時には、いやいつもそうですがリハビリ通いが始まります。全行程を歩きだけで通しているのではなく、辛くなると最寄りの公共機関のバス、電車もしくはタクシーを利用しています。それでも一日十キロ超になります。一日最長は十三〜十四キロを歩きました。細い山道で、登り下りの坂道を歩くのです。時には脚を踏み外し、捻挫、骨折をした人もいます。

それほどまでして何故、歩くのか。歩く意味は何なのか。私は経営学が専門で経済合理性を追求してきたものです。端的に言いますと、投資効果を経済的に測定し、投資の可否を意思決定する教育に携わってきました。その私が投資効果を考えず、ただひたむきに歩き、目に見えない霞のような或るものを感得することに意義を感じたのです。その私の感得する主対象は何か、各寺か、宗教か、道などの自然か、それとも私自身なのか。試行錯誤のなかで、五里霧中ですが、その真因は何かについて、しかと明示できませんが、朧気ながら焦点が見えるような気がしています。

伊予のテーマは菩提の解明です。私の考える菩提とは何か。それは宗教思想で言われている菩提の意味ではありません。一個人の考える私の菩提とは何かです。それを充分に、充実していませんが、この著書のなかに編んでみました。

*

大洲*1の朝—呼んでいる—

寒い
肌を刺す寒さ
肱川あらし*2の濃霧は心身を覚醒させて
青い日にひそむ何かを誘い出す
眼前に広がる日は
思意《こころ》が忘れた何かを詠じている

明るく陽が照らして
森が茂る山は
枯葉の細道は
足元に群がる雑草は
何を語っているのでしょうか

耳を塞いで直ぐに去ってゆく風
一瞬、何も聞こえないこの耳
何も聞こえない快《ここち》に浸る時を
この肌は感応して
すべてを静閑の中に落としてゆく

誰かがわたしの思意を呼んでいるのでしょうか
それは
思意の過去なのでしょうか
それとも
わたしの思意が知らない誰かの思意が
わたしの思意に何かを告げているのでしょうか
それも必死な凝相で
何か大切なことをわたしの思意に
わたしはどうすればいいのでしょう

感性は静寂の奥で
騒《ざわ》つこうと囃したてているのに
心は何も感応しないのです
わたしには心がないのでしょうか
それとも
わたしは一体、わたしなのでしょうか
わたしという本性は何なのでしょうか

わたしは本当に実在しているのでしょうか[*3]

＊1　愛媛県大洲市。
＊2　晴れた日の朝、上流の大洲盆地で涵養された冷気が霧を伴って、肱川沿いを一気に流れだすという珍しい現象。
＊3　我とは何か、否定されるべき我（外道の我、仏教内の我）と肯定されるべき我（仮立の我、仮説の我、仮施設の我）に分かれ、釈尊は自我なし、無我思想を打ち出した。さらに究極的自己（アートマン）と宇宙の絶対者（ブラフマン）は同一であるという梵我一如の思想をバラモン教は『ウパニシャッド』で言説。『仏教思想へのいざない』横山紘一　大法輪閣　一九、二四〜二六頁。

出会いの日——薄汚れた乞食——

初老の小男が
《へんろさーん》
《へんろさーん》と
破れた声を発して
手を振り
片足を引き摺り
駆けてくる素振り
振り向くと
わたしを呼んでいるのか

薄汚れた着の身着のままの粗衣に
小さな肉体《からだ》をおさめ

目脂と泥をつけた顔は
陽に焼けていた
口元は無精髭がおおい
歯は黄色く
眼光は鋭く動かし
一瞬も洩らさず察知する気配
用件を尋ねると
四〇番の札所の道を聞く

口頭で簡単に道順を教えられず
朝食を馳走しながらと促すと
荷物を内子駅[*1]の待合室に残して
片脚を地面に擦りつけて
ついてきた
一歩ずつ一歩ずつ
体を揺すりゆるやかに歩いてくる
この人は何を思い

わたしに声をかけたのだろうか
小さな背中に何を背負っているのだろうか

駅近くの小さなカフェを見つけ
壁には隙間がないほど
様々な人物画が掛けてあった
聞く間もなく
主人が描いたものだと一瞥して
誇らしげにわたしの顔を見る

見知らぬ人は
開口一番
《野宿しながらここに来た》と
満足そうな顔をして
テーブルに青春18きっぷを並べて東京新宿から来たという
サンドイッチを頬ばる顔に屈託がない
眼の前の人は修行者なのか

そうだとしたら断ちものの[*2]配慮は不要なのか
怪訝そうな顔をする間もなく
さらに《遍路は一人がいい》と呟き珈琲を流し込む
どうして一人がいいのかと胡散臭く質すと
《ほんとうは親友と二人がいい》と吐露した口で
直ぐに《一人がいいな》と笑顔に隠す
この人はわたしに同意を求めているのか
その口元には友の陰が宿っていた

田舎町のカフェは閑散として
年寄りの集いの場所と化しているのか
常連客たちは異様な闖入者にも
少しも違和感を映さず
淡々と食しながら
こちらの気配を凝視している

この見知らぬ遍路は

何を求めてここまで歩いてきたのか
身の回りの品々を山なりに重ね詰めこんで
古びた台車からこぼれそう
これほどの荷物を持ってどこへ行こうとしているのか
どこから見ても浮浪者としか見えない容姿
時折
たどたどした所作をみせるが
直ぐに両肩に力を込めて
悠然と座す姿勢がもどかしい
俺は今、歩いて遍路をしているんだ
と気鋭を散らしているが
何か似つかわしくない仕草
しかも何かを隠している寂しさを感じてくる
薄い胸の奥に何を秘しているのか
狭い空間を越えて漂ってくる

あなたはわたしに何かを求めているのですか

この地で誰かが来るのを待っていたのですか
わたしはあなたを知らない
あなたの名前すら知らないわたしに
何かを求めているのですか
目の前にいる知らない人は
頬ばるものがなくなると
口を閉じて窓外に目をやり
動くものをおっている

＊1　愛媛県喜多郡内子町。
＊2　『宗教現象の諸相』岸本英夫　大明堂　一〇四頁。
断ちものとは、一切の火を通した食物を避ける火断ち、五穀を断って果実、蕎麦粉のみに食物を限る木食、その他穀断ち、茶断ち、塩断ちなど。

肱川あらし―霧のなかの亡霊―

上流の盆地の冷気が
霧となり山の風にのりて
河の風とぶつかり
海に向かって
強風がうねりをあげて吹きわたる

一面に濃霧が降り
何もかも
自然の悪戯《いたずら》か
墨絵の霧に隠す
ここでは
風にまかせた音だけが現時を駆け巡る

美しく彩る自然も
様々な人間の多様な我執も
何もかも霧のなか

霧のなかに身を座すと
河の水音の向こうから
かすかに
踊念仏の囃子音が聞こえてくる
異空間から舞い降りたのか
一時《ひととき》の生を振りかざして
念仏踊りに狂う衆人
その容姿が朧気ながら見えてくる
手には念仏賦算の札*を握り
衆愚に手渡そうとしているのか
少しずつ黒い影が近づいてくる
よく見ると踊りに興じているのは
竹細工の人形の群れ

がさがさとがさがさと迫りくる
風になびき
雨に垂れ
綿雪を背負い
時空を超えて
霧の中で自由きままに巡りくる

竹人形を抱いているのは
なんと年若い娘
死産の胎児と錯誤して竹を抱きて
終《つい》のない遍路の旅を今も続けていると
昨夜の宿で噂した
疾うに幼児の肉は腐敗し溶け落ちて
残った細い骨で造作した
竹細工の人形《ひとかた》は我が子の身代わり
軽妙に操作して魂を供養する

いつも
我が子と歩く遍路みち
寂しいと泣いては愚図る道すがら
道端にころがる白骨を拾いて歩く
母の哀惘の
同情共感の涙が
響いている河の道

肱川あらしの日にはきっと出会えると
誰かが流布した話
真偽は不明と揶揄したが
あの娘が
気の触れたあの娘が
而して今、目の前にいる

今、この時の驚嘆
息は呼吸を忘れ

放心する我意
幾重にも複合する時の重なりは
時の作意か
心身は激震し不識の空間（狂気）に入り込む

おまえはいつから霧のなかに
身をやつしているのか
現世の時間で
悲しみが滲みこんだ過去に
何を希求しているのか
おまえの過去に会いたいのか
おまえの肉と血を持つ
おまえの分身との再会を求めて
冷たい霧が現世を覆っている間に
おまえは踊り狂うのか
空念仏をおまえの身体に振り掛けて
見えぬ空間に向かって

いつまで踊るのか
それがおまえの宿業なのか

＊　一念発起しないものに往生の機会を与える札。一説では、一遍は二十五万人に勧進した。札に念仏の功徳を込め、この札を持つことによって極楽へ往生させようとする。この札は元々、陰陽道、神道の習俗の一つ。『一遍聖絵』第二巻概説　渋澤敬三　平凡社　六〜七頁。

神は朽ちてしまった――空白の空間――

あの見知らぬ遍路と再会したのは
明石寺[*1]の奥にある大きな黒松の樹の下
彼のものは大きな口を開けて叫んでいる
《神は朽ちたのか》
《我の神は死んでしまったのか》と
遠くまでつむじ風は運んでくる
何度も何度も
白濁の唾を飛ばし
天に向かって
絶望の姿態から瀕死の声を絞り出している
その空間はまさしくこの世の舞台
狂乱している肉塊の意志があちこちに散らばっている

渦潮の流れは本堂へ続く雑木林のなか
繁茂しているはずの木々は
無造作にもつれて
あたり一面に陰影と湿気を植え
落葉を敷きつめた古い境内のなかに
廃墟となった神々の小祠が並ぶ
ぼろぼろに木板の囲いは腐り
天井は崩れはて
床板は腐敗して落ち
落日の幻影をまざまざと見せつける
ここに祀られた神々の
神体は行方知れず
号泣する遍路の眼前には
許されざる今生の恥辱の闇が広がり
行《ぎょう》を修するものの魂に食いつき
圧殺の如く迫っている

彼のものの深淵に巣くう
神という絶対なるものの威信が
崇高に輝きつづけるはずの
真仏土[*2]に鎮座しているはずの
神々が目前で瓦解している情景
現前の事実として映えている絶大なる衝撃

孤高のなかで一心に
神との同体を懇願して
遍路するものの魂は
錯乱と混沌と絶望が渦巻いているのか
ここには
《神が朽ちている》
《我の神が朽ちている》
もはや
《神は死んでしまった》のか

全身全霊で崇拝し
天と大地に心身を横臥して行をする
深夜には草むらのなかで
信仰を抱擁し
南無阿弥陀仏と称えながら仮眠する
これを日々に科す
彼のものの精励の行為は何だったというのか

神は死んでしまった
この大地に神は不在となった
神への絶対なる帰依は
信仰への絶対なる信頼は
根源から崩壊した

彼のものは廃人となった
現実の衝撃の重さにはじきとばされ
意志は土中に落ち

心身の芯は
藪のなかで
私意に潰され
信者の意志をことごとく自失した
立つことも出来ず座り込んでいる
口からは白い泡沫をこぼして
狂者の姿態を奏でている

幾人のものが
怪訝そうに注視しながら通り過ぎてゆく
そのなかに一人の少女が
彼のものの傍で慟哭している
紅顔に少女の香りを残す丸い童顔
菅笠は首から後ろに垂らし
赤い袈裟の下に着古した白衣
薄黒く変色した頭陀袋ははち切れそう
泥をつけたパンツを曝け出して

祠のまえで号泣している
少女の手には金剛杖はない
どこかに忘失したのだろうか

＊1　源光山 円手院 明石寺。第四三番札所。愛媛県西予市宇和町明石二〇五。
＊2　真仏土とは善き人間（菩薩のような人）がおもむく浄土。化身土とは悪しき人間（阿闍世のような人）がおもむくべき浄土をいう。『教行信証を読む』山折哲雄　岩波新書　一七七～一七八頁。

追ってくるもの——思いが取り憑く——

彼のものは暫く山寺の藪に
呆然と座り込んでいたらしい
やがて静寂につつまれた山寺から
河川の麓を下って
わたしがいる臥龍山荘*を訪ねてきたらしい
ひょこひょこと
片足を引き摺るのを忘れたように
スムーズな動作で歩いてきた
山荘にいるわたしをめざとく見つける
遠くからじっとわたしの顔を見つめている

なぜわざわざ訪ねてきたのか

会うのは今回で三度目
このものの素性も定かではない
再会の挨拶はたいした感慨もなく
というより明石寺での異様な状況が頭に浮かぶ
彼の様子を探るべく
顔を真っ直ぐして眼を見開き
軽く会釈した
何かわたしに不満でもあるのか
彼は憮然とした顔で立っている

ともかくこの重い空気を払拭すべく
丁度、小腹も空いてきたので
何かを食べに行こうとこの場を逃れた
彼は無言でわたしの後をついてきた
半里ほど歩いたか
うどん屋の提灯を見つけ狭い店内は客で溢れていた
じゃこてんラーメンがお薦めと

快活に動きまわる田舎娘が言い、それを注文した

彼はラーメンを食い
ずるずると汁を吸い
底まで飲みほしても
口から一言も洩れなかった
その間
彼の目は一直線にわたしの心奥をえぐっている
彼はわたしに何か言いたいのか
それとも
彼にわたしから何かを言えと迫っているのか
狭い店内は他の客の話し声が聞こえているだけで
わたしたちのテーブルは
無言の内に時間だけが過ぎてゆく

今夜、宿泊する旅館の集合時間が近づいている
このまま彼と別れるのも気になるし

何か偲びがたいものがある
ともかく彼を元気づけるために
地酒を注文し
徳利と杯を彼の前に差し出した
ではこれでと
席を立とうとしたが
彼は小さな体で完全に拒絶した
そして何か
しゃべろうとしていた

＊　肱川流域随一景勝地「臥龍淵」に臨む三千坪の山荘で、蓬萊山が龍の臥す姿に似ていることから臥龍と命名した。

遍路ごっこ—深奥の濁りが誘う—

わたしが参加している歩き遍路は
総勢三十人余の集団で[*1]
阿波、土佐、伊予と巡り
これまで二十九日を費やしてここまで来た
足腰を痛めたり歩き疲れた時は集団を離れて
電車やバスを使って移動することも可能な
ゆるい運営が可能なチーム
参加動機は肉親の供養をはじめ様々
いずれも宗教の効果性を期待して
参加しているのだろうか[*2]

毎日のように顔を会わす

巡礼仲間は知己なるものと思い込み
ダムの放流のように
誰にもはばからず
世間との
家族との
誰にも言えない確執の
溜まっている膿を吐き出して
身は軽くなり小さい心は空っぽになる

夕食時間にはあちこちで甲高い黄色い声
時には笑いの合唱をはさんで
瞬時も知己を離さない
手には交換する少し高価なお菓子の類い
食卓には自家栽培で丹精込めて造った旬の果物が並び
笑顔と共に手に余るほどのプレゼント

翌朝には

完璧な遍路装束に変身して
心身を緊張させ
さあスタート
急な坂道
土と凸凹の里山
時には国道や暗いトンネル
仲間と一緒だと
こんなものは恐くない

ここには薄っぺらな友がいる
互いに声をかけあって気を使いあう友がいる
辛さを笑顔でごまかし合う友がいる
さあ歩こう
歩く動作は意識しながら
半ば反射的に繰り返して行い得る
最も簡単な行為だ
それに

疲れた後には美味しい酒盛りが待っている
遠慮いらずの同胞たちと泥酔できる

お堂前の山門で一礼し
身を浄め鐘を打ち
手には数珠をかけ
本堂と大師堂に蠟燭と線香を灯し
鰐口を鳴らし
納め札を納め
少しばかりのお賽銭を差し出して
うやうやしくお勤めのはじまり
先達の拍子に合わせて
開経偈を誦唱《しょうしょう》し
次いで般若心経の声明と続き
最後には回向文
これで仏様への義理を終え
お勤めの余韻に残る満足感を仲間と共有する

読経中に述語の意味を考え出すと
いつのまにか声が止まっている
隣人が気付く素振り
それでも構わず考えると
次々と気になりだす
わたしは信者でもなく
不可知論の立場で……
先達に顔を向けて覗き込む
しかしまったく躊躇なく調子は狂わない
そんな障りも読経が終わり経典を頭陀袋にしまうと
何処かに消えている
なんていい加減なわたしの心

さあ次のお寺へ歩くために
用便を済ませ
お守りを買い

乾いた喉を潤して歩く準備
あわただしい時を過ごして
定められた順番を為してさあ石手寺[*3]へ出発

＊1　徳島大学・人と地域共創センター主催「空海と歩く・歩き遍路」五期に参加。四年で八十八ヵ所巡りを完遂。
＊2　宗教は、そもそも効果性を確信することで成立し、その底流には信じられているという当事者の文化現象があるという。『宗教現象の諸相』岸本英夫　大明堂　三三頁。
＊3　熊野山石手寺。第五一番札所。愛媛県松山市道後石手寺四二七。

夢のなかの眼—自責する—

目の前に立つ
あの少女の目はわたしを襲い
底知れぬ不安の滝壺へ落とし込む
あの目は辛辣にわたしの魂を震撼させている
こんな遍路が何になる
おまえの遍路とはこんなものか
おまえの心奥の魂は泣いている
あのものは立て続けにわたしの心に潜むものを引き出してくる

はっ、これは夢か
三坂峠の大きなもみの木に背をもたれて夢をみていたのか
夢のなかで

わたしは責められていたのか……
夢と知り少し安心して……
また眠けにおそわれ……

夢のなかの少女は理路整然と
ウイークポイントを突いてくる

密かに自問しながら唱えるべき念仏を
集団で誦唱し囃したてる
まるで場末の芝居小屋のせりふ
そのうえ簡略された経文を
ひとときの間
その辺りに散らして
何をしたいのか
これでおまえの礼拝が叶うというのか
そんな読経で何を為したというのか

少女はわたしを責めている
あの目はわたしの行為を蔑んでいる
いや
わたしを心の底から軽蔑している

巡礼の外形──非日常のくさび──

わたしの遍路と
彼のもの（乞食《こつじき》）の遍路の外形は
本質的に何が異なるのだろうか
日常行動のふるまい方
行《ぎょう》への無二無三な取り組み方
つまり仏教のいう精進の仕方が
明らかに異なることは認識している

彼のものの衣服はまさに糞掃衣《ふんぞうえ》*1
遍路の形は野山を歩き
時には懸崖絶壁の秘奥の難所を体験する
海を歩き

荒ぶる波が水しぶきを巻き上げ
小さな肉体《からだ》を襲うときも
河辺を歩き
強風が薄い衣を飛ばし
冷気にむしばまれるときも
どこかの木々の片隅で
一汁一菜の自炊をする
そして里を歩き
時には托鉢で
その日の糧を得ることもある
あるいは農家に門付けして
お経三昧の身になることもある
やがて陽が暮れ
仏木寺[*2]の仁王門の横で座して仮眠したり
疲弊した四肢を寝袋につつんで仮眠する
野宿は自然と一体なる行かもしれない
彼のものの生活のすべてが只管打坐《しかんたざ》[*3]といえるかもしれない

まさに、冬は穴に宿《ね》、夏は巣《す》に住むもの
さらに、山に登ること飛ぶ禽《とり》の如く
草を行《はし》ること走《に》ぐる獣《しし》の如し*4かもしれない

しかし
仏前でのお勤めを一度も見たことはない
いかなる態様で
何を凝視しながら
いかなる念仏を
いかに唱えているのか
わたしには分からない
しかし
彼のものの行の修練は空性を体得し
煩悩や業から離脱して
聖なるものに近づいているのだろうか
彼のものの体内から
俗なるものが死滅しているのだろうか

それに反して
わたしの歩き遍路はどう捉えても完璧なものとはほど遠い
移動手段に交通機関を使い
夜は豪奢ほどではないが
ほどよい旅館で
大きい湯舟にたっぷり浸かり
心身を洗いさっぱりとする
夜は地元の馳走と地酒で小宴会
その後は遅くまで同行者と慰労し合い
たわいのない談笑で時間を使い一日を終える
こんな日々の繰り返し
この遍路の仕方が最適とは思わない
見知らぬものが集団となり行動するためには
酒などでより知己になる慣習は
人間がこれまで培ってきた交遊の形となっている

明らかに遍路の形態に大きな格差がある
この外形の違いが
遍路の本質的成果である回向に
顕著な影響を与えるというのか
全身を投げうって
遍路に傾注するものの注入力は
つまり気概の入れ方と濃度が
より強度であるものは
勤勉な態度で
適度に傾注するものの注入力を上回るというのか
確かに量的な時間の投入においては劣るかもしれない
しかし
質的な側面においては
注入時の瞬間的な
集中の濃度の濃淡では負けてはいない
さらに遍路生活の外形と
心身の充足度とは必ずしも比例しないこともあるはずだ

しかし
彼のものの行の修練は
空性を体得し
煩悩や業から離脱して
聖なるものに近づいているのだろうか
彼のものの体内から
俗なるものが死滅しているのだろうか
その真相はいかなるものか

わたしの個体は
真剣に生きる意識は純粋だ
誰にも引けを取らない自負がある
ここには少しも汚れも慢心もない
生きる意志は高らかに上《のぼ》ってゆく

＊1　糞を拭くのに用いたような汚いぼろぎれからつくられたもの。袈裟衣ともいわれる。『仏教思想へのいざない』横山紘一　大法輪閣　九七頁　引用・加筆修正。

＊2　一カ山毘盧遮那院仏木寺。第四二番札所。愛媛県宇和島市三間町則一六八三。『四国八十八ヵ所』平幡良雄　札所研究会刊　二四二頁。

＊3　『宗教学』岸本英夫　大明堂　七五頁。道元の言葉で、一切の人為的努力を休止した心の底に、一つの心境を把握しようとするもので、諸縁を放捨し、万事を休息して、善悪を思わず、是非を管すること莫れ、心意識の運転を停め、念想観の測量を止めて、作仏を図ること勿れと説いている。

＊4　『空海の風景　上』司馬遼太郎　中公文庫　八頁　引用・加筆修正。

不明の空間 —吐露する心—

ふつふつとわき起こり
心に感じるこの隙間は何だ
何故わき起こるのか
わたしの中で彷彿する生理現象は
大いなる疑問が潜在していると警告しているのか

遍路を為しているのは
請願[*1]のためではない
わたしの理性が納得する
生きた真理の純潔を見つけるためだろうか
山河を
里山を

田園を
通底して歩くのは
歩くという行をしているのではない
歩くのは目的地への道程の一つの手段
遍路を結願することを目標と化した
この心身が納得の行動

心の雑念を払拭して
純一明澄の境地に
心を導くための希求[*2]でもない
自然を歩き
多様な形相を固持する各寺を訪ね
神々に参拝すれば
真理の法則を探究する糸口が
見つかるかもしれないと淡い望みはあるが
その目途が確かにあると
さほどには思ってはいない

歩くことを一つの手段として
遍路の有形無形の資源に託しているのであり
決して依存しているのではない
ここには
シュライエルマッハー*3のいう依存感情もない

淡い期待感を
眼の前の見知らぬ世界に向け
すべてが見えていると思い
歩き続け
そして
すべてが見えていないと気づき
また歩く
裏切られても
裏切られても
歩いて行く
遍路なる不明の空間のなかに

心身を委ねているわたしという物体

わたしには遍路の体験による真理への到達には
到底、間に合うとは思えない
卑怯だが、今のわたしには弁証的方法が適当ではないのかと
密かに思っているが
しかし、歩くことの新鮮な情感がこの心を包むことも事実
わたしはどうしたらいいのでしょう

凡愚な意《こころ》は
この空間から真理の臭いさえ
微かにも感じられない
この個体は受容する生得的資質を喪くしたのか

＊1　請願とは請願態を指し、日常の普通の一般的生活のなかで、解決を必要とする問題に対して、解決を祈願する御利益信仰的な通俗信仰の基礎になる信仰体制。『宗教学』岸本英夫　大明堂　三八頁。
＊2　希求とは希求態を指し、日常的な問題よりも、宗教的問題を重心にするもので、超自然

的な力に解決を求めるよりは、自分の行動自身のなかにある意味や価値を問う態様。『宗教学』岸本英夫　大明堂　三九頁。

＊3　シュライエルマッハーは「依存していると感じる」を「制約されていると感じる」という意味で使っており、万物を制約する者として神を指している。『聖なるもの』オットー　久松英二訳　岩波文庫　四四〜四五頁。

歩く真意——思惟よ飛び出せ——

わたしの遍路行は
身体を鍛えて
その先の成就を為すのではなく
論理的思考を巡らし
推理力を練る知的な営みで
真理の法則を探る手段だと思考しだした

喜怒哀楽の情や
美醜を感応する日々の刺激を透過して
探究の鋭敏なる心を磨いてゆく
この方法で情操の洗練涵養を図ることが
最適ではないかと密かに考えだした

その舞台は文明の香煙を避けた辺地でなければならない
これが遍路する真意かもしれない

歩くのは
各寺を巡るのは
その触媒としての利用
探究しながら大いなる真理への
割れ目を探しあてる機会を
体得するためといえるかもしれない

わたしが求める真理への大いなる割れ目とは
動物《いきもの》として制約されている脳髄の枠を破壊し
無色の無機質の空間を
自由奔放に闊歩し
他の思惟と交錯しあい
そして混合することだ
そのために弱点の目を見つけることが必須だ

そして個の限界を払拭した
無限なるイデアの世界で
絶対なる真理を探究することだ

ゆえに宗教の中核的思想に相当する
諦住態[*1]への羨望でもない
それは
オットーのいうヌミノーゼ[*2]でもない
なぜならば
そもそも生死を超えた究極的価値[*3]を
直観的に体得することなど出来るはずがないからだ

＊1　諦住態とは、日常的な生活経験を超えた究極的価値を、直観的に体得するところに信仰体制の核心があるが、日常的な生と死を超えた一層高い生命の価値をもたらす態様をいう。つまり、日常的な価値はそのまま受け入れながら、これに加えるに、それよりも高い次元の価値を見出して、そのなかに住する。この考えは、大乗仏教における「娑婆即寂光土」の思想、スペインの神秘家テレサの「霊の婚姻」の思想であり、理想世界を現実世界のなかに見出そうとする。しかし、現実社会を具体的に造り変えようとするものではなく、宗教的に一段と高いレベルの価値観によって、理想社会を造り出そうとする。与えられた現

実世界をどう変えるかよりも、それをどう受けとめるかという内面的な心の持ち方にする。深い価値観に立ち得るならば、与えられた現実世界は、そのままで理想世界になり得るという見解である。詳細は『宗教学』岸本英夫　大明堂　三九〜四一頁、八九頁。

＊2　『聖なるもの』オットー　久松英二訳　岩波文庫。

＊3　人間の問題と与えられた課題を究極的に解決しようとする。これは宗教の特徴的な性格である。究極的とは、限りなく広く深い人生の見透しの上に立つこと。人間が考え得る最大のそして最も深い見透しに立つ、人間を超えた最も高い立場から見透して人生の意味について、あり方を組織立てる。究極的とは無限優位でもある。それは宗教の処理能力は、課題の難しさよりも常に優位にあるとする考え方。つまり課題が困難になればなるほど処理の可能性が高くなり、優位になる。究極的価値とは、永遠の生命が新しく把握される。そのなかに住しながら日々の生活を営む。ここに究極的価値が把握された状態が存在する。『宗教学』岸本英夫　大明堂　三九頁。

情感―個に籠もる意識は思惟は―

遠い日の幼子は
お母さんがいないと泣き
春の匂いが残る畦道を歩いている

白髪の老父は
わが子が誇らしいと憶《おも》いにしまい
どこかに逝ってしまった

老母は皺の奥から
眼を凝らして
今も里山のどこかに隠れて見守っている

認識したものは刹那、表象空間に漂い
不明なる淵のどこかに風化して
匂いすら残していない

幼子は壮年になり
森の奥を探している
老父は土となり
生きた音を知るものはいない
老母は森の木の息吹にぶら下がって
生の音に聞き入っている

幼子の泣く顔が
精一杯よそおって笑い顔をみせた日の梢は
過去の記憶のどこにあるのでしょう
老父の泣く顔は
遠い年月のなかに宿り

二度と目覚めることはない
しかし今も
老母の泣く顔が
風に乗って肌を刺しにやってくる

この感覚は何なのか
錯視、誤認、妄想を得意とする意識を飛翔して
生《なま》の事象を呼び起こす
これは珍事なのか
それはスタニスラス[*1]の言う
内省の注意深い記憶なのか

共有した笑い顔は直ぐさまどこかに過ぎて
何かにつまずき精一杯唇を噛んで
それでもこらえきれずに
泣く顔を見つめあった思いは
空白の隙間に落ちているのか

あの日の思いをそれぞれのものたちが追憶しても
あの笑い顔と泣き顔はいつだったのか
それさえも茫としている意識
恒常に個体に隠れて瓦解するのか

一瞬の情動に過去の思いを集めて
遠い日の茂みに落ち
朧気な思いの霞に沈んでゆく
一瞬の思いは無造作に堆積した
膨大な塵芥を振り分け無意識の識閾下で
知覚の熱気を突きあげ
表象空間のなかで嗚咽する

本当にそうなのか
注意を引く
いや思いを引き出す
何かがその思いをひっぱり出しているのではないか

そうならば
その何かとは何か
わたしの意識の外で画策している何か
不気味な黒い海の手先
潮の手が
空一面の恐さで押しよせてくる

意識は理性を死守するために
その背後にひそむ無意識の無数の妖精《にゅーろん》たちが
悟性の解を必死に探し出すために
精力を使い果たし
無残にも空転を繰り返す
この世界は
生理の仕組みが差配する
自動操縦《オートパイロット》＊2が君臨する時空
人間の意識の見えない地下牢
哀れなり

誰も拒めない
誰も意識すら不可能な領域の繰り言

おまえは何ものだ
おまえの心はどこにある
おまえの悲しみは何の悲しみだ
深い思いが
生の息吹を突きあげて燃焼するのは
一体誰の意識だ
おまえの意志が
おまえにそうさせたのか
そのおまえとは誰だ
おまえが言うおまえとはどういうおまえだ

そうだ
おまえが執拗に詰問している真意は
わたしは誰なのか

わたしには不明の空白だ
わたしの心奥で我慢しきれず
個体のなかで疾走しだした怪物は
いつも浅瀬の海で反響しているのを知っているだろう
わたしは誰だ
わたしは何ものだ
悩ましい過去からはじまった解けぬ問い
意識の
思惟の
理性の
底に通底する障り
しかし
わたしの意識は知ろうともしない
わたしの思惟もつまらなそうにして
理性は問いかけさえもしない

わたしは誰なのか

わたしのなかのわたしの意識は
わたしのなかのわたしの思惟は
そして
わたしの理性は
わたしの個体のなかに
存在しているのだろうか

顔顔顔は
外気に触れて
直ぐさま変容する
顔顔顔よ
内なるところで作動する不識の不思議よ
あの顔は何の意識を隠しているのか

おまえの顔はおまえの肉体の一部
おまえの思いは意識という不知のなかで
おまえのどこか不確かなところで彷徨い続け

おまえの肉体の裂け目から
外界の空間に触れ得ることはない
すべてが個体の小宇宙《なか》で
不明の虚構に閉じこもる

唯一の救いは
生きる糧の原木は
おまえの感性は
あらゆる事象のなかで
一瞬の動きを見逃さない
驚愕で明白な事実と認知していた
しかし
おまえの感性はどこから生起して
思惟に変換するのか
その思惟は理性をいかに企図して起動するのか
このプロセスとメカニズムは闇の底
さらに

見事に灯った思惟は
どこに還り蓄えられてゆくのか
それも不明の永い洞窟か
肉と骨が塞ぐ事実が歴然と横臥する理不尽

思惟よ
個体に閉じこもる思惟よ
おまえは太陽の光陽を知らないのか

思惟よ
どこにも飛翔できぬ思惟よ
おまえの根源は個体のなかに閉じこもる
不明の生命《せい》
そこにのみ生きる思惟なるものの限界点
思惟は何をさせようとしているのか

人間よ

笑え
泣き叫べ
おまえの限りを
おまえの悲しみを
石鎚山[*3]を拝す小峠は
寡黙に陰陽を在している

＊1　『意識と脳』スタニスラス・ドゥアンヌ　高橋洋訳　紀伊國屋書店　二五頁他。
＊2　脳は常に私たちを支配し、精神生活を密かに織りあげる。『神聖な病』ヒポクラテス。さらに自動機械あるいは自動操縦。『意識と脳』スタニスラス・ドゥアンヌ　高橋洋訳　一三、七〇、七四頁他参照。
＊3　『三教指帰』の下巻に、二十四歳の若さで血の気の多い空海が、石鎚山で修行をしていたら、雲がわいてきた、その雲が娘の姿に似ている（以下略）。石鎚山は中辺路相当の修行をする場所。日本百名山の一つ。『四国遍路の寺・上』五来重　角川書店　五〇頁以下。

行の正体―久遠なる夢物語―

行とは何か
宗教の世界の行とは何か
行のあり方としてどう定義されているのか
何故に
行のあり方が異なると
多様な個々人の
多様な目途の
成就する度合いに
格差が生じるのだろうか
行のありかたが根源的で本質的な障りを
生じさせるのだろうか
尽きぬ疑問が次々と横たわる

そもそも行の正体とは何なのか
行とは、行《おこな》い[*1]を通じて心を鍛える営みであるとされ
その目指すものは
身体を鍛えて心を鍛え
理想を体験のうえに実現させることにあるという

ここでいう理想とは
欲望欲情の雑念を
殲滅して払いのけ
精神を統一して行を進めていけば
心が澄み透った心[*2]に変質して
そこに特殊な新しい境地が顕れてくる
それが悟りであり
究極の目標地と考えられている
つまり行とは悟りを
体得する手段と位置づけられている

悟りの境地では
永遠の生命が新たに宿ることになるという
永遠の生命とは
絶対的で主観的な価値観念のなかに
究極的価値[*3]を見出すことであり
成就した究極的価値は
観念のなかで生き続けるという

肉体の終焉は生きものとして死滅する
しかし
精神的終焉は
心奥に存在する魂が悟りによって
無限の時間のなかに同調して
あるいは無限なる流れのなかに溶け込み
死滅することはないとされている[*4]

これは架空のなかの叢話か
心のなかに捏造する新世界か
この思想をどう咀嚼すればいいのか
どう熟考しても
真実か否かを知る手掛りはない
数千年の歴史のなかで立証した事実もない
すべてはここで迷路に落ち込む
現時点では判別不可能であり
完全にお手上げだ

誰か宗教思想を自負するものよ
手掛りを教唆してほしい
わたしが納得できる言葉で
様々に湧き出てくる疑問を
木っ端微塵にして
わたしの陳腐な悟性を喝破して
粉々に粉砕してくれ

＊1　行いとは一定の目的を持った意識的な行為、動作を指す。『宗教現象の諸相』岸本英夫　大明堂　七九頁。
＊2　澄み透って一点の曇りを留めず、鏡の表のようになった心。『宗教現象の諸相』岸本英夫　大明堂　八一～八三頁。
＊3　究極的価値とは、観念的な主知的理解を超えた特殊の直観的価値であり、新しい価値体制を基盤にして、深い生命の意味が開け、すべての象徴体制を超えている直観的なもので、思想をも超えている。オットーは宗教体験の純粋なものを、感情を超えた究極的な直観的価値経験として捉え、これをヌミノーゼ的意識という。本質的には、思惟や情緒を超えたもので、特徴的な複合情緒を指す。ティリッヒは「究極的関心・ultimate concere」といい、これが浸透すれば生と死の事実はそのままでありながら、しかも生死を超えた「永遠なる今」の境地が体得されるという。『宗教学』岸本英夫　大明堂　四四～四五頁。概念系統は四四頁の図表を参照及び八九頁。オットーについて詳しくは『聖なるもの』オットー　久松英二訳　岩波文庫。
＊4　菩提とは、煩悩を断じて不生、不滅（生じもせず滅しもせず常住であること）の理を悟り仏果（さとり）を得ること。『同行二人―四国霊場へんろ記―』土佐文雄　高知新聞社　二〇七頁。

信じるとは──不可解な思念の底力──

信仰とは
無制約的なものに心が向かっていることを指し[*1]
人格的自我の全体的中心活動であるという[*2]
それは
人間の、人格構造の内部に形成され
心奥に潜み直接には表面に現れてこない
しかし当事者の具体的な行動として現れてくるという
つまり
信仰は心のなかの宗教的なかまえを指し[*3]
重層な構造を持つ
しかも人格として合理的な構築がなされているというのである[*4]
重層な構造とは

意味を伝達する言語を駆使する能力
真理を認識する資質
善を実行し
美と正義を愛する能力などをいう
これらが個々人のかまえに基づいて
個々の行いが宗教的行動として発動する

真の信仰の本質[*5]には
究極的な関わりとなる或る対象への全的貢献が要求される
この要求とは実質的な服従であり
服従に対する無制約的貢献が要求されている
ここでいう服従とは、信ぜよとの命令に服従する意味であり
受容する側が体現する範疇のものである
その代価として、要求を充足した場合、究極的関わりの主対象者
つまり神の約束として
信仰者の自己の存在の充実が示されている
しかし、漠然とした状況であり

それは、この種の信仰の約束は、それが果たされ成就されたときには
要求と充実の約束そのものが空虚なものであったことを知覚するという

有限的人間は無限の関わり[*6]を
生み出すことはできない
そればかりか
我々の意志は信仰に接合する
確実性を生み出すこともできない
論証や権威によって
信仰の真理に到達することはあり得ないし
いかなる論証も意志も権威も
信仰をつくり出すことはできない
信仰体制はつくるものではない
できるものである

佐藤春夫[*7]は地下のなかから
心を鎮めて沈思に籠もり

次の言葉を聞いてほしいと熱望している
「信深き乙女の」
「願うことなき日も」
「聖母マリアの前に」
「手を組む心」

信仰[*8]で
わたしと彼のものとの決定的な違いは明確だ
彼には底知れぬ信仰が
時には不気味と感じるほどのものがある
人間を動かす根源に
傾注する信仰の力が内在していると強く感じる

彼は彼の信仰によって少しも疑問を持たず
日々の行動を決定している
陽が昇り陽光を放つときも
陽が暮れ暗闇が訪れるときも

彼は無意識のうちに信仰が
心身を支配し生を育んでいると思われる

彼はPoint of No Return[*9]を超えたのであろうか
彼のわずかばかりの、まぎれもない彼自身の意志は
どうしたのであろうか
彼は人間でありながら神が存在する空間に同期し
人間としての意志を喪失したのだろうか
それは人間にとって恐怖の事実ではないのか
いやそれは否というのか
信仰は脱自ecstatic[*10]であると
これは自己が自己であることをやめないで
自己の人格的中心に統一されている
すべての諸要素を失うことなしに
自己自身の外に立つ
これが信仰だと説く
やはり、そうか

かれの言質にはそんな不安は
微塵も感じられない
彼独自の自我を保ちながら信仰の本質に接している
この驚愕の事実は
人間を超越したと賞賛すべきことなのか
その境地は人間を超えたのであろうか
それとも人間を止めたのであろうか

わたしは信仰に目覚めていない
これは紛れもない事実だ
わたしは五感の感性
視覚が、聴覚が、触覚が
察知できないものを認めることはできない
見えることも、触れることもできない
究極的存在としての神
我々を罪の報復で自縛させる元凶
人間の感覚を超えた超絶者としての神[*11]

それは存在し得ないものとして認知することができないもの
これはわたしの意志だ
わたしの魂もそう言っている

孤高のあのものは
地上に立ち天に向かって
全身で慟哭し
絶望の震撼に落ちている

御身はおられるのか
耳をすまして聴き
眼を凝らして見ても
御身に到達することはない
「何故」「なにゆえ」「どこに」という
疑問符は内なる心を曲がり続け
外に出ることはない

人間の誰がそれを見出し得ようか
それほど深い、永遠に深い
人間の誰がそれを究めようか
御身の秘密はどこまでも隠されている
御身はおられるのか*12

*1　究極的な関わり、についてドイツ語版では、無制約的に我々に関するもの、の言葉が用いられている。ティリッヒは宗教哲学で「無制約的なものへ向き直ること」と定義している。『信仰の本質と動態』ティリッヒ　谷口美智雄訳　新教出版社　一五五頁。

*2　『信仰の本質と動態』ティリッヒ　谷口美智雄訳　新教出版社　五二頁。

*3　かまえとは重層的な構造を内在させ、心の奥底で信仰の基礎的な骨組みの役割をする宗教的態度と心の最も表面で信仰行動を鋳型的に担う宗教的行動原型を指す。
さらにオルポートはこの信仰体制を習性複合といい、人間の生得的な資質と習得的な要素から成り立つという。また心理学的には、宗教的行動を内行動と外行動とに区分している。内行動とは、直接には環境的条件を必要としない行動を指し、宗教体験と宗教的思惟を包含した宗教意識をいう。外行動とは環境的要素を必要とするもので、宗教行為など外から観察することができる宗教行動を指す。『宗教現象の諸相』岸本英夫　大明堂　三五〜三六頁。

*4　人格の合理的構造とは、意味を伝達する言語に現れ、また真理を認識し、善を実行し、美と正義を愛する能力に現れている。これらすべての能力が、人間を合理的存在にする。『信仰の本質と動態』ティリッヒ　谷口美智雄訳　新教出版社　一七頁。

*5　真の信仰の本質、すなわち究極的な関わりへの対象への全的献身の要求を明瞭に示して

いる。旧約聖書は、誡命、約束、脅威という言葉で具体的に示している。これらへの無制約的献身を要求する。『信仰の本質と動態』ティリッヒ　谷口美智雄訳　新教出版社　一三〜一四頁。引用・加筆修正。

＊6　我々の意志は、信仰に関する確実性を生み出すことはできない。論証や権威によって信仰の真理に到達することはできない。論証や権威はせいぜい蓋然的な性質をもつ、有限的知識しか与えない。論証も意志も権威も信仰を造り出すことはできない。『信仰の本質と動態』ティリッヒ　谷口美智雄訳　新教出版社　五三頁。

＊7　佐藤春夫。学生時代から「スバル」「三田文学」に叙情詩、傾向詩を発表。代表作に『殉情詩集』など。

＊8　信仰体制の類型には請願態、希求態、諦住態の三類型がある。請願態とは、日常の普通の一般的生活のなかで、解決を必要とする問題に対して、解決を祈願する御利益信仰的な通俗信仰の基礎になる信仰体制。希求態とは、日常的な問題よりも、宗教的問題を重心にするもので、超自然的な力に解決を求めるよりは、自分の行動自身のなかにある意味や価値を問う態様。諦住態とは、日常的な生活経験を超えた究極的価値を、直観的に体得するところに信仰体制の核心があるが、日常的な生と死を超えた一層高い生命の価値をもたらす態様をいう。『宗教学』岸本英夫　大明堂　三七〜四一頁。
　オットーはヌミノーゼ的体験といい、情緒を超えた究極的価値の主体的体験を指している。『聖なるもの』オットー　久松英二訳　岩波文庫。

＊9　Point of No Returnとは、もうこれ以上進むと引き返せない点を意味している。『信仰の本質と動態』ティリッヒ　谷口美智雄訳　新教出版社　一五五頁。原書名は『Point of No Return』マーカンド。

＊10　脱自とは、自己が自己であることをやめないで、自己の人格的中心に統一されているすべての諸要素を失うことなしに、自己自身の外に立つことを意味する。『信仰の本質と動態』ティリッヒ　谷口美智雄訳　新教出版社　一八頁。

＊11　神は人間が直接には見ることも、触れることもできない超絶的存在である。『宗教学』

岸本英夫　大明堂　九五頁。
＊12　「御身はおられる」を引用・加筆修正。『聖なるもの』オットー　久松英二訳　岩波文庫。

唱えるとは――異空間の扉を開け――

あのものは老竹のようだ
風になびき
雨に垂れ
綿雪を背負い
万事にも自由きままに巡りめく

あのものの念仏とは何なのか
各寺の仏前で一心に念仏する姿勢を
幾度、面前で凝視しても
感受するものは何もない
わたしの感性は退散したのか
今、あのものの洞察に混迷している

しかし
あのものが念仏する空間に何かがある
何かが潜んでいると感じている
それは風の吹く感触であり
樹々や草々の匂いが
曲がった山道が
そう言っているのかもしれない

念仏は空虚な言葉のいとなみではない
凝縮した聖なる句の繰り返しでもない
神秘な力の現前を感じ
個人的接触の空間におのれを置き
神と神を信じるものとの心の交わりを開く
そして現宇宙に
帰依を表明[*1]する
それが念仏の真意だという

それは有史以来の永遠の法則
念仏の心底には
真理が隠されているという大いなる神秘
そして
人間が唱える念仏は
神との交わりを生せるものとして
連綿と生きてきた

あの固い塊のような魂は
智恵を捨て
愚痴を捨て
善悪を捨て
貴賤高下の道理も
地獄を恐れる心も
極楽を願う心も
悟りさえも

一切を捨てて
ひとすじに念仏を唱えている
そしてひとり
遍路の道を歩くだろう

何故
どうしてそこまで無感無色でいられるのか
おまえが到達したその境地は
我もなく
仏もなく
この世の道理もなく
すべてがみな浄土となる[*2]と信じているのか
わたしにはわからない
とうていわたしの心身は理解しない
深奥から助け舟を待っている
わたしが理解できる言葉で話してくれ
念仏とは何か

おまえはそれをどう体得したのか
事細かに論及してくれ

念仏を唱えるとは
仏が人間を仏にするための方法であり
そのために仏が念仏する人間のなかに入りこんで
往生する因としてはたらく姿をいい
浄土に生まれ変わるための原因が念仏であるという
念仏によって仏の心がわたしたちの心に転写されてゆく
つまり仏心が蓄えられて
蓄えられた仏心が死後浄土にいくという仮構のシナリオ

あのものは乞食《こつじき》か
沙弥か
はたまた捨聖か
我執を絶ち
発心して

乞食として生き
風雨のなかでも野山に住み
念仏する日々

それは迷えるものを無我の境地に誘い
ともに念仏し
生の心身のまま
即身で成仏[*3]するための
それが念仏と説いているのか

＊1　『宗教学』岸本英夫　大明堂　五七頁他。
＊2　『絵巻物による日本常民生活絵引』第二巻　一遍聖絵他　六頁・引用・加筆修正。
＊3　『歎異抄講義』阿満利麿　ちくま学芸文庫　七七～七九頁。これを即身成仏という。

背の重荷―はねつけていた雑念が侵蝕する―

あのものは重い荷を背負い歩いている
細き小さな肉体は
今にも倒れそうな姿勢
それでも厚い唇から発する言葉が
強固な信念を体内に巡らし
芯の強さを露呈して
肉体から何か絶対なる信頼の力が滲み出ている

あのものの歩く脚は
羨望の的のごとく
大地の土と堅く繋がっている
あのものの眼光は

上辺を飾る言葉や
虚偽の言葉を見抜き
深淵に隠している真心を真っ直ぐついてくる
あのものの顔は
赤黒く焼け
迷盲などに微動だにしない
それは嫌疑を断ち切った心に満ちている
あのものは何かの化身か

これほどまでに為した心身はどこから湧き出てくるのか
そうか、あのものは
無一物《むいちもつ》[＊1]になり得たのか
内的な執着
己の意志を切り捨て
欲するものすべてを断ち切った
外的な執着
親子の因縁を絶ち

師弟に連なる知己なるものを切り捨て
心身を育んだ故郷さえ捨て去った
ありとあらゆる執着の源《もと》を消してしまった
これがあのものを
これほどまでに変身させたのか

鬼神に貫く心身は
あのものの信仰ゆえなのか
あのものは神仏を静かに信仰している
それは明白だ
あのものの信仰とは何なのか
それはわたしには見えない
あれほど固い信仰を体内に体現している
根源なる宗教とは何か
わたしの心身はまったく推測できない
信仰の何がそうさせているのか
その輪郭さえ藪のなか

それとも
あのものは信仰という不気味なものの
奴隷と化しているのか

わたしの意識は理解できない
信仰で空腹が満ちるというのか
そんなことはあり得ない、言下に否定する愚問だ
心の智の渇きを潤す何かがあるというのか
俄には辿りつけない不可測の井戸

信仰に没すれば親愛なるものたちと
安楽に過ごすことができ
ゆとりの空間がもてるというのか
それはあり得ない
このような信仰の魔力を
わたしの意識は到底理解しない

しかし
信仰はあのものを虜にして離さない
それは信仰の支柱として存在する宗教の仕業なのか
皆目、正体を見せない宗教の
摩訶不思議な宗教の
どこに、それほど心酔できるものがあるのか

宗教よ
おまえは何ものか
これほどまでも人心を惹きつけて
おまえは何を目指しているのか
わたしの意識は
わたしの悟性は
単純で深刻な
この疑惑をわたしの個体は
払拭できないでいる

わたしの過去の生活のなかに
宗教が住み込む余地はなかった
数々の通過儀礼
父母や親友の葬式や法事
たしかに亡失に涙し
悲しみに耐える日々は幾度もあった
しかし
ひとつの行事を終え
喪が過ぎるとどこかに消え
心身に浸みこむほどではなかった
今でも時々涙することはあるが
多様な生活のなかに宗教は必要不可欠ではなかった

宗教を心のなかで意識したのは
四国遍路を歩みはじめた頃
各寺に参拝し
念仏を唱え

静かなる時間を眼の前で体現して
わたしは宗教に帰依していないと自覚し
そして何かに反発し憤悶したのが出発点

いくら自問を繰り返しても
わたしの心身のどこにも宗教心は芽ばえてはいない
それどころか観念の世界で画策する宗教に
嫌悪さえ感じていた
合理的で科学的な意思決定を
必須としたわたしの生活とは
真逆のものととらえていた

その宗教が
現実に存在している我々の
人間生活の諸問題を
人間の心の憤悶を
最善に解決することを目指していることを知った

宗教の本質は
人間の行動として
ひたすらに
自己を献げつくすという決断をなし
さらに
知、情、意という精神的反応と
動的な身体的反応とを同調させ
ひたむきに精進を為せばよい
その過程が究極的価値の境地をもたらすと諭している
この全容を納得することはできないが
人間生活の諸問題を
究極的に解決させるために存在するもの
これが宗教の目的であると
そのために各種儀礼、教理などを統一的に意味づけする
これが存続し得る宗教だと岸本[*2]はいう

そうなのか
そうだったのか
愚直なわたしよ
わたしの無知は
わたしは無知ではないと錯誤している

傲慢なわたしの性
わたしの過去には
愕然と愚行が横たわり
その哀れさに悲嘆する心身
それはわたしだ
まぎれもないこの肉体と
この理性が為したもの
わたしの魂はどこか不明の空間に
沈没してしまっている

救いようのない事態

しかしもう残り時間が少ない
わたしの理性はもうすぐ固形物になり
すべては意志と思惟を知らぬ動物《いきもの》と化する
わたしはどうしたらいいのでしょうか

静かなる緑陰に降り込む小雨の向こうに
優婆塞に酔う空也[*3]の
念仏踊りが見え隠れしている

＊1　無一物とは、外的な執着、あれが欲しい、これが買いたいなど、と内的な執着、自分はこうありたい、偉くなりたい、いつまでも生きながらえたいなど、これらは自己の心や身体、さらには外界の事物への執着すべてを断ち切るならば、我々はもはや、いかなる苦しみにも逼迫されることがない。無一物になるならば、いかなる悩みも苦しみもなくなってしまう。『宗教哲学』藤田富雄　大明堂　八七〜八八頁。

＊2　岸本とは岸本英夫『宗教学』大明堂　宗教思想の特質　八二〜八三頁他。

＊3　空也上人は九〇三年出生、醍醐天皇の第五皇子などと言われている。少年の頃から清貧に甘んじ、在俗の修行者である優婆塞として各地を巡り、苦修練行するかたわら、道路整備や灌漑工事などを行った。二十数歳で落髪出家して沙弥空也と名乗る。四国にも阿波や土佐で苦行を重ね、観世音を感得した。京都で悪病が流行すると十一面観音像を自ら刻み、市中を回り衆人を供養した。六十九歳で寂滅した。市の聖と親しまれ、念仏踊りで有名。『四

国八十八ヵ所』平幡良雄　札所研究会刊　二七七頁。

わたしは海です——時空を超えてゆく海への憧憬——

わたしは海と呼ばれています
およそ地表の七割がわたしの舞台です
自由奔放に見えますが海床と海風が進路を遮り
わたしの流れる方向を左右しています
これさえ眼を瞑れば
わたしは自由で無限の存在です

わたしが海と呼ばれて随分時間が過ぎました
その間、数え切れないほどの人が去っていきました
今、この時も
わたしの海と
何かを哀願しながらどこかにゆきます

人という生物《いきもの》は束の間の時間に火焔を灯し続け
何かの壁にぶつかると
わたしを眺め
海が好きと心身を放ち
暫くの間、立ち停まるのです
あるときは
どの情景が好みですかと波が問うと
砂の上を走り足元まで近づく
春の海　真っ青な爽快の海
夏の海　静かな凪
秋の海　恐ろしい時化《しけ》
冬の海　深々と沈みこんで憂鬱に誘う海と応え
今、わたしの前にいるあの人は
生命《せい》の隙間で見えるすべての海が好きですと
無言のまま語り続けています
あの白髪の人たちは四季の顔をした海を

有なる時のなかで
生きている証しの行為として
もう一度見たいと
切ない風情で願求しながら遠ざかります
あの人たちは一体、何処にいくのでしょうか

人間と称するものに出会って数万年が過ぎる今
わたしの脳裏には忘れられない様々な顔が詰まっています
人という生物《いきもの》はどうして
すぐさまどこかに逝ってしまうのでしょうか
それほど短い生命《いのち》なのでしょうか

わたしを見ながら慟哭しているあなた
遍路の衣裳に身をつつんで
ここまで流離したあなた
あなたはあなたの理想郷への
舟渡し場が見えなかったのですね

それはあなたが目指す須弥山への道に迷い
あなただけのあなただけに意味がある
あなたの終わりの形
あの成就を見つけられなかったのですか
なんという不遇な人たち

乞食に身をやつして遍路する彼のものも
聖なるものの心を探して
示寂後も心が浮遊して遍路を続けるのだろうか
絶望の日々に孤立して
遍路道で号泣した少女も
行く先々で何度、悲哀を重ねれば堪忍するのだろう
この世で抱けぬ我が子の骨を身にまとい
霧のなかで彷徨う小娘の母になれない母の哀れ
このものの終末はどこへいくのだろう

この時空をいざなう天と地の摂理よ

あのものたちの涅槃をどう仮構すればいいのだろうか
解けぬ悩みの膿が流れだし
思惟を曇らす

悩めるものたちよ
さあ、わたしの胸に飛び込みなさい
生を体現している今こそ
清浄なる心と骨肉を取り戻すために
淡い細やかな或る願いの成就をかけて
すべての煩悩
すべての述懐
すべての発憤
すべての哀楽
すべての邂逅などの
生命《いのち》の塵を個体に込めて
その岸壁からわたしのいる海に
さあ、思い切って

飛び込みなさい

もし
まだ迷いの心にいるのならば
あなたの心の芯から安らぐ海に化身して
あなたの本性が熱願する
補陀洛へ迎えてくれる神々を演じましょうか
それは
わたしが阿弥陀如来に転変し
潮たちが観音菩薩と勢至菩薩になり
あなたを迎えましょうか
さあ、どうしますか

それとも憧憬する海がいいのですか
最期の望みを聞かせてください
ひっそりと死ぬために暗闇の黒い海がいいのですか
血潮溢れる青春を謳歌した青い海ですか

それとも母親の愛情のような純真な透き通る海にしますか
あなたの深奥を曝けだして
わたしに届くように少しだけ叫んでください

それとも
すぐさま
或る事を為したいのならば
ほんの少しの間
口を閉じ息をとめると
あなたの意識は水中にとけてゆきます
悠久の海と一体となり
有限のあなたの命が無限のわたしに溶け込んでゆくのです
苦しいのは
ほんの一瞬です
さあわたしのなかに

ほら、あの人も

幸せの瞬間の映像を頭に浮かべて
わたしに投げかけているのが見えますか
あの人の絶頂の思いを熱く投げかけているのです
これが
『わたしの幸せです』とわたしに告げるのです

その人の姿も今はもう見えません
どこに行ったのでしょうか
わたしにはまったくわかりませんが
たかが百年前の事実です

それから
わたしはわたしの目の前に立つ
悲しい素振りの人に
風の声を吹きかけています
あなたは今
幸せですか

あなたはこれまで数え切れないほどの幸せを感じましたね
その幸せとは何でしたか
あなたが覚えている幸せの一つを
わたしに聞かせてください

あなたの幸せを
あなたの至上の幸せを
わたしのなかに
永く永く留めておきます
あなたがこの世で生きた幸せの思いを

わたしの海——時の非可逆を超えてゆけ——

海を見たい
海の向こうの竜宮城を見たい
幾度、希求しただろうか
今も、わたしの想念はその思いが
走馬燈のように駆け巡っている

住まいは四十九院の岩屋[*1]です
ここは岩礁の高いところにある岩窟[*2]です
千数百年前に高貴な方[*3]が住まわれて
行をなし悟りを成就したと言われています

凡そ六十年

ここに籠もり修練しています
空性を体得し
神秘的直観なる悟りを
瞬間的にも直観するまではと思案して
今に至っています

いまだこの洞窟から下界へ出たことはありません
洞窟の暗い壁に
竜宮城の彫りが微かに見えます
誰が描いたか不明ですが
広々とした海
青々とした海
静かな波が漂う海
理想郷の楽園が描かれています

この絵に触り、見るまでは
海という概念が分からず

朧気なままでした
この絵で海の存在の大きさを知りましたが
まだ海を見たことがないのです
この洞窟まで潮の音が聞こえますが
これが海の正体と知ったのは
つい先日でした

豪雨が降りしきる
夕暮れ時
洞窟の仕切り出口の厚い板を叩くものがいました
洞窟は高い位置にあり
これまで訪ねてきた人は稀です
さらに、この板は外からでないと開かず
外に出ようにも出られなかったのです
訪ねてきた人は薄汚れた壮年の遍路と
全身を雨に濡らした少女でした

かれらはいつからか同行して遍路をしているそうです
乞食風の遍路は
少女が疲労で高熱と嘔吐と下痢をした
どこか雨宿りできるところを探していたが
どこにもなく
この洞窟を見つけここに来た
しばらくの間、ここで休ませてくれと懇願された
その折りに
暗い谷底がうごめいている海を見ました

少女の顔を覗くと
血の気はなく蒼白で
肩で弱々しく息をしていたが
眼光は鋭利に輝き
このままでは死ねないと訴えていた
小さな手は冷たく
動かす力を失くしているが

何かを摑みたいのか
さかんに動かしたい仕草
唇は青白く震えて
白い歯を見せていた
しかし
何も言葉を発する気力がないのか
一言も言葉が洩れてこない
冷たい空気と
重たい空間が続く洞に
三人の生の臭いが充溢している

少女の思いは三時[*4]を駆けている
海が好き
母と一緒に見た海が
今もわたしのなかに生きている
母がわたしを海の子と命名して
砂の上に

海の子と書いてくれた
その時の海はどこまでも優しかった
わたしと母のすべてを見守ってくれた海
わたしの海
母とわたしだけの海の記憶

時よ
海よ
この少女の海を返してくれ
あれほど悲しみ
あれほど泣き
あれほど母を慕い
この世で見た母を探して
遍路が生活となった少女に
母と戯れた海を
ひと時でいい
今、この時だけでいい

時の流れを
現前を超えて過去に可逆して
あの時の空間を
この少女に還してほしい
このささやかな少女の願いをかなえて
一介の少女が
今の時のなかに生きた事実を綴り
喝采を謳ってくれ
有限のなかのたわいない願いを時空に
永遠に純なるを顕示してくれ

ああ、このものたちは生きている
時のなかで
最上の生の行為を刻んでいる

海よ
いつまでも

何も変わらない海でいてほしい
いつまでも
何も進化しない海でいてほしい
いつまでも
この大地に寄り添って
久遠に在り続ける海よ
これからも
海だけは常住不断でいてほしい
海よ
時の思いを悠久に抱え込んでいてほしい

＊1　菅生の岩屋といい、大宝寺と岩屋寺の両方を指していた。その間に非常に大きな洞窟があり、これを含めて一連の行場になっていた。一遍聖絵にも縁起が記載されている。『四国遍路の寺・上』　五来重　角川書店　八五頁。
＊2　寺院は「精舎」及び「阿練若」（あれんにゃ）ともいわれ、阿練若は空閑処とも意訳され、人里離れた静かな森林の岩山を掘って作った岩窟が僧侶たちの粗末な住まいであった。『仏教思想へのいざない』横山紘一　大法輪閣　九八頁。
＊3　高貴な方とは空海を指す。
＊4　三時とは未来への離出、現在の現前、過去への回帰をいう。『時間・ことば・認識』長野泰彦　ひつじ書房　三頁。

海の夢中――未決着な憤悶――

わたしは海です
数万もの生物《いきもの》を
懐に抱きて育んでいます
遠い過去からそうしてきたように
今日も
明日も
その次の日も
そして
遠い未来が
幸いにも訪れるとしたら
紆余曲折にまみれるであろうその日々も
生きる糧を与え続けていきます

それが海としてのわたしの責務です

大半の生物は生命を維持する手助けですが
人間は一層、手間がかかります
世界中に広がるわたしの海で
四季を問わず泳ぎまわり
欲しい獲物を欲しいだけ漁り
それでも充満の顔をしていません
人間にとって海は
欠かすことのできない生活の断面なのでしょう

人間には心というやっかいなものを
小さな肉体に宿しています
人間という不可思議な心身の生命を
潤すための腐心にわたしは日々苦心しています
人間の心の様相にそう配慮を
人間が求める適所で

タイミングよく
多様で繊細で微妙な機微の求めに合わせた
対処が必要なことなど知らないでしょう
人間という優越感に浸るあなた方は
この裏方の苦労は
終生、理解できないでしょう

時に静かな海
時に青い海
時には洋々とした海
時に荒々しい海
時に暗い海など
あなた方の心理状況が願求する自然の海の景観に
わたしは全力で努めています

ほら
今、現前に

安っぽいリュックサックを背負い
一様に悩みを抱えていそうな老齢のものが
昼と夜の合間の今
もうすぐ夕暮れを心身で感受したいと
裸足《はだし》になり独りで砂浜を歩いているのが見えるでしょう
波の押しよせるリズムを視線で追い
生動の心をなくして
不詳の個体と化したものが歩いています

波を見る目と
波の音を聞く耳は
無関心のように動いているのか
生物としての呻きの香りが漂ってこない
白髪に扮したひとつの
乾ききった呟きを
凪に扮した波が何度も運んできます

ここは五色の海*
わたしだけの海
やがて
忘れ去る海

海よ
人間を名乗るものの嘆きを聞いてくれ
これはこの個体の本心だという確証はない
わたしの魂が言っているとの確信もない
この肉体の心を誰かが利用して
放言しているのかもしれない
しかしそれを怒る思いも湧き出てこない
なぜなら
その根底には混迷の思慮が流れて
その余力も消え失せている

わたしの死はどこにある

わたしの意識は
わたしを忘れて
どこかに逃げ込んでいる
わたしの脳は
正常な動作を止めて
経験則の慣性が操作している

管制下の臓器は
同調の性癖を晒して
すべての機器を停めている
吐息はわたしとの惜別を惜しんで
抵抗しているが
口からは渇きの唾を垂れて
蒼白に染まる
これがわたしの最期の演舞
醜い死
避けなければならない死

わたしは一切の思いを投げ捨て
今際の体力をしぼり出し
海にこの身を投げ入れよう
これでわたしの死は誰にも知られない
安心して死の床につける
海の中へ

もう海に投身したのか
奇妙にも
今、沈んでいる感覚がする
吐く息は小さい水泡を放ち
海面に昇ってゆくのが見えている
まだわたしは死んでいないのか
ここは海の夢中か
そんなことは構いやしない
わたしはすぐに死ぬだろう
やがて感覚が途切れ

自覚の思いが閉じて
死んでいくだろう
しかし
少しも恐くない
少しも躊躇することも
焦燥もない
ただ、海水に一個の物体が漂うだけ
海は少しも騒ぎはしない
数秒後にはいつもの海
人間の臭いが消えて夜の海になる

しかし
もうひとつ引っかかるものが
朦朧とする意識に
魚の小骨が咽頭に刺さっているように甦るものがある
それは
わたしは何ものか

わたしの意識は
わたしの過去は
一体、どうなるのだろうか
という不明の障りを巻き起こす

しかし
もうひとりのわたしが反問する
もうすぐに死ぬ
思考も停止する
暫くの間
眼をつぶる間《ま》に
意識は不明となる
もう躊躇をやめよう
どうせまともな解は出てきゃしない

しかし次々と
死の淵にこびりつくものがある

それは
心の空洞
わたしは父を知らない
父の正体を知らない
ぎこちない笑顔をつくるしぐさの
あの鋭く光る眼は
わたしの心に何を語ろうとしていたのか
知るすべもない悲しさが
個体の心身を曇らせてゆく

それは
心のざわつき
父のふしだらな行為をわたしは知っている
婦女との数々の遊興は何を語るのか
時間の無情が連れなる憐憫の哀れに変わり
心を傷つけ憂鬱の井戸に落ちこみ

自己亡失にあけくれた
日々の葛藤を隠し続けたのだろうか
ならばわたしはどうなる
孤児のわたしはどう生きればいいのか
親の生動を知らぬ子の行く末を
父は父のなかでどう決着をつけたのか
わたしには到底、知ることはできない

それは
父を語る一つの真実
父とのただ一つ鮮明な事実は
誕生日か何かの日に
あまりにも真新しく豪華な装幀の本を
大きな港の船着き場で手渡してくれた
たった一つの過去の接点に興奮した事実
これだけは真実かもしれない
父とわたしだけの

誰も知らない真実のひとこま
この瞬間にも
わたしの貴重な事実が海底に沈んでゆく

それは
鬼を語る虐待の恐れ
頭上で鬼畜と化したものが
醜い顔を為して
わたしの兄たちを虐待している
兄たちはその鬼の束縛にひれ伏して
ロボットのように意志をなくして
追随していた辛苦の日々
その時の闇の時空が今も追ってくる
あれから月日がたち
鬼が死に
二人の兄たちも死に
わたしたちを身をとして守ってくれた母も死に

すべてが過去という時のなかに同化した

それは
硬質なわたしの性質
氷解しない悩みは
わたしのなかに隠然と巣くう或る歪な性質
何事にも無関心な開かないわたしの眼
幼少の頃の不遇の日々が
心を固い扉で閉じたのだろうか
過去の醜聞な事実が甦る

この時から
わたしはわたしの真の意志をなくしたのかもしれない
それだけではない
真実を突き止めてゆくわたしの心の力も
倫理も
わたしの魂さえも

暗い井戸に埋め尽くしたのかもしれない
あれからわたしはわたしの心を
わたしのわたしだけの魂を
どこかになくしたのかもしれない

＊　愛媛県伊予市の五色姫海浜公園。

さとりの空間
―見えない真理はどこに―

悟り[*1]とは何を覚るのか
この個体の意志が望む覚りとは何なのか
表層であらゆる現象が織りなす根源に存在する
真理を発掘する法則なのか
いや絶対なる真理そのものか
しかしはたして
覚りはこの空間に存在しているのか
現象は深遠に存在する真理の法則によって散乱していると
悟性は告げているが
もしもこの真理の法則が存在するとしたら
その真理を探究し体現に目覚めることが人間には可能なのか

真理の覚りは存在するかもしれない
しかし汚れ穢れてしまった人間の心身が
悟りを開くことはあり得るのか
しかもこの心身の正体すら摑めないものの意識が

現世で真理を覚るために修行していると
仏教[*2]は高らかにいう
その論証としてゴータマは覚った
ゆえに覚りはないのでもない
しかし覚りはあるのかの問いに
さとりはあるのでもなく、かつないのでもないという
わたしの意志は仏教の目標とする
ゴータマのように真理を覚って仏になるためではない
わたしが生きた意味の真理を森羅万象に問うことにある

この個体が活動している空間で生起する現象は実体がなく空だという
すると現象のなかに真理はあるのではない

しかし無いのでもない
間違いなくあるはず
しかし
誰もが真理はあると断定せず
有るのでもない、非有と
あるいはないのでもない、非無という

わたしのこの個体の意識は
真理とは何と想念しているのか
わたしは知らない
この意識が求める真理は
存在しているか否か
わたしには洞察できない
わたしの体内の思惟は
固い無機質の塊に変質している

真理を探求するには

この世界の人間が認識できる手段で
表象空間のありのままを見つめ究めることだと
個体に宿り彩色する欲望や主観や感情を抜きにして
この世界のありのままを見つめる
如実知見[*3]が求められるという
そして、時には毅然と瞑想して見つめ続けることだと
それは己が人間として存在する意味とは何かを問い
人間の坩堝と化した社会のなかに
多様な人々が存在する混沌を理解し
人間の生と死をありのままに見つめると見えてくるかもしれないと
三千年の時を超えて諭すものあり

この個体に守られてきたわたしという意識は死を迎えて
この世界から消滅する
跡形もなく無になってしまう
これがこの世界の
この宇宙の見えない仕掛け

これは悠久の古から継承している
この世の不思議
言語でさえ理解できない不思議
しかし人間の有史以来
このように出来ているから
誰もが疑いなく受け入れている
わたしも受け入れるだろう

これはわたしの生きた時世の真理かもしれない
何も見えない真理
ゆえに真理なのかもしれない

わたしの真理を確信するために
登り坂の小石のまざる小道を
下り坂の雑草がおおう小道を
誰が詠んだのか不詳の遍路の道を
重なる落ち葉を踏み

心地よい感触を骨肉に受け
曲がりくねったけもの道を
この個体で歩いて行こう
青々とした木の葉が光に晒して
自然の音を奏でるこの道を

わたしの希求するわたしだけの絶対的な真理とは
わたしの心の真理ではない
それは森羅万象の真理
その真理に触れるために
わたしは歩く

＊1　悟りとは生まれることも死ぬこともなき境地。『仏教思想へのいざない』横山紘一　大法輪閣　一二一頁。
＊2　大乗の思想は「十地」「六波羅蜜多」を実践すれば、菩提に到達できる修行という。さらに、菩提とは、自己の心をおおう煩悩のヴェールを払拭し、真理を現前に眺めることとする。
＊3　事物をありのままにみることの意であり、智慧の本質を指す。智慧は七覚支を中心として、真理到達までの過程の一ステップ。『仏教思想へのいざない』横山紘一　大法輪閣　一三一、一二三頁。

心身の欺瞞——経験知のおまえが過去を造り続ける——

泣け、泣け、泣け
涙が涸れるまで泣き続けろ
そこに何があるというのか
何もありゃしない
泣いても、泣いても、泣いても
変容するものはない
意志の届かぬ外周で
時刻は一瞬も休止なく流転している
見知らぬ次元で
眼に映らぬ
感情を知らぬものが
不明の空間から我々の世界を

音もたてず侵食して
時間の震撼を流し続けている
人間の思意が過去のなかに流れ流れて
無残に惨死してゆく

おまえは何一つ分かっちゃいない
おまえの道理はどこから来て
どこへ帰着するのか
おまえの悟性は
所詮、経験知で培われた仮構の礎
おまえは分かっちゃいない
この哀しさに泣き叫び
この宿命に深憂して
人間であることを
忘我することを

いやそうではない

もっと哀しいのは
この哀しみに何故執着しているのか
それさえもおまえの意識は分かっちゃいない
この意味さえ手探りだと断念する
この個体の意識は何も識っちゃぁいない
その根拠に
おまえは一体誰なのか
それすらも興味のない生命の驕りは
確かに応えようともしない

おまえの意識は表裏の二つ
少しは分かっていると思いこんでいるおまえ自身
つまりおまえと同体と錯誤している表の意識
もうひとつは深層に隠れて
表のおまえを冷ややかに見ている裏のおまえ
裏のおまえは
決して表のおまえに本性すら知られちゃいない

その証左に
青空に広がる雲形が多様な姿を見せて
表の意識を感嘆させ
時には、生動の魅力に取り憑かれた意識を
無形のものが引きずり込み
自然の美しさを残らず体受して
慢心しているおまえという個体の心身

おまえは満足か
おまえの心は満ちたりているのか
おまえを知る智慧は誰のなかにも存在していない
おまえは自然のなかに孤立した異邦人
どこまでも
いつまでも
おまえは漂流する難民
しかし
生きてゆかねばならない

生きる意味が分からずとも
この奇妙な心身で生きてゆかねばならない
孤立する一個の現身《うつせみ》が
堆積する過去とやらを乱作し続けて

寒い朝
目覚めると
昨日のわたしはどこかに行き
今日のわたしが
今、ここに
三角寺*の庭園に立っている
昨日の刹那無常に塗りつぶした諸行は見事に消え失せ
自然はすっかり身支度を終えて
余所行きの顔をそろえてわたしを待っている
今日は、これからわたしはどこに行くのでしょうか
明日もわたしはこの心身で
どこかに行くのでしょうか

＊　由霊山慈尊院。第六五番札所。三角寺。愛媛県四国中央市金田町三角寺甲七五。

少女の心身に張りつく業の自縛―個々人の業・思いの壊疽―

だんじり祭り[*1]

母と逸《はぐ》れた少女は
伊曽乃神社が繰り出す
だんじり祭りの夜
群がる人混みからはじき出され
一人、母の遺影を首にさげ
神威に仕えるものたちの熱狂の坩堝に
茫然と佇んでいる

眼前に迫る

舁《か》きだんじりは
衆目するものたちの
夢裡をとらえて離さない
絢爛豪華の形相は
檜白木に
黒と朱塗りに刻んだ
浄土の彫り物が天を踊る
唐破風には鳳凰、鶴、竜を配し
きらびやかな黄金色《こがねいろ》の絨毯が化粧する
勇壮を身に纏う若者が担ぐ神輿は
今生も人間が地上で躍動していると
人間主役を誇示する時空が広がる
現空間を占めるトポスは
憧憬する浄土への熱情を発散している

少女、純子の願い

眩しく動く群衆に向かって
『母さん』と心で泣き叫ぶ純子
わたしのお母さん
どこにいるの
夏の熱い早朝
突然、わたしを一人にしていなくなった
どうして
何故
哀しくて瞼が腫れても
毎日、毎夜、涙がとまらない
純子の辛さはどれほどか
お母さんは何も知らないでしょう
熱狂の渦に投げかける童心の虚しさ

わたしのお母さん
この群衆のどこかにいるかもしれない、お母さん
一日だけでもいいから顔を見せてください
お願いです
お願いします
押しよせてくる雑踏の渦に
精一杯、発する叫び

お母さんを
責めたり
怒ったり
泣きじゃくったりしません
指切りきって約束します
だからお願いです
一日だけでも
お母さんに会わせて……一心に祈る少女
いつまでも

喧噪のなかで
泣きじゃくる少女の声が……
闇の中へ吸い込まれてゆく

郷愁する囃子太鼓

賑やかに巡行する形相
天空のもと
大地を踏み込んで
辺り一円を騒めきのなかにとり込み
誰も彼もの心を魅了し
むき出しの感情を牛耳ってゆく
囃子太鼓は熱い息吹を増幅し
さらなる昇華を鼓舞して鳴り響く

伊勢音頭の音律は
心奥に秘匿した郷愁の思いを呼応し
底流に脈打つ同郷の連帯感を緊縛して
一塊なる情感を覚醒する

この光景は人意をのみ込んで離さない
この地を味わったものの臭いが
すべてのものの歓喜の感情を
旋律のなかで奏でる
老若男女の誰をも
狂信の感情に落として
現世の空間にしばりつける狂騒の地

母の募る思い

「お母さん」
少女は思わず小さい声を漏らし
神輿を担ぐ若い娘を執拗に追い
お母さんと何回も声をつまらせている
少女の心身は祭りの情景に踏みつぶされ
感性は異次元に投げ込まれて
異邦の群衆を見つめている
下半身が濡れているのも気づかず
放心し突っ立っている

薄汚れた身なりの少女は純子という
荒れて艶のない手
擦り傷をあちこちにつけた素足
両眼と肩は

しっかりと少女を支えている

母を探して
阿波から伊予の辺地を歩いてはや数十日
辺地のどこかで再会するかもしれないと
いつの日か祖母から聞かされて
矢も楯もたまらず
叔父の家を飛び出し
泣いている自分に気がついたのは
足許が暗くなった山里を
恐々と一人で歩いている己を知ったとき

お母さんに会いたい
一目でいいから会わせてください
この胸がいたいほどきつく抱いて
純子を二度と離さないでください
この強い思いが少女を動かしてここまでやって来た

記憶のなかに刻まれている母の笑顔

小さな野良猫と共に

家を出るとき
道連れにしたのは小さい野良猫
近所の草むらをさまよっていた
生まれたばかりの可愛い子猫
純子がいなくなると餌をもらえず死んでしまう
それに、いつもにゃにゃと純子をさがしにくる
誰にも見られないようにリュックサックの奥に隠して
今もちゃんと背中のなかで動いている

寂しい通夜堂

陽が落ちてゆく道すがら
誰もが善根宿や通夜堂を探し歩く
お寺の通夜堂は安心して休めると
田圃《たんぼ》の草取りに腰まで浸かるおばちゃんが
心配そうに教えてくれた
野良仕事を終えたら会いに行くからと
下半身を泥だらけにした笑顔のおばちゃん

通夜堂の開き戸を純子が開けると
一瞬、いっせいに視線を向けてきた
囲炉裏を囲んで
お爺ちゃんやお兄ちゃんが暖をとっていた
純子一人だと分かると

驚いた素振りを見せながら
どうしてこんな少女がと
怪訝な様子を打ち消すように
柔和な顔に変わり
お腹がすいているだろうと
持っている僅かな食べ物を恵んでくれる
喉が渇いたというと
お兄ちゃんがお湯を沸かしてくれ
お腹に入れるのはお湯が一番だと諭すように呟く
すこし冷めたお白湯が
こんなに美味しいとは知らなかった

今夜の通夜堂は和やかさが漂っている
わたしの心身は安心して休めそう
それでも楽しい団欒ではない
何か、怖いものが潜んでいる気持ちが消えない時がある
その時は、お母さんの顔を必死に抱きしめ

母の思いが逃げぬよう顔まで毛布をかぶり
いつの間にか睡魔に取り込まれることを祈っている

それでも時々
夜、寒くて体が震える時がある
何かに取り憑かれ悲しくなり涙が止まらない時もある
こんな時は決まって怖い影が段々と迫ってくる
おまえなんかには負けないぞ
早く消え去れと
身体を丸めてジッとしていると
お兄ちゃんが異変に気がついてくれ
おお可哀想
可哀想な純子
何も怖いものはない
ここにおいでと
暖かい胸と鼻につく体臭のなかに顔を包んでくれ
背中をやさしく摩ってくれる

小雨がしんしんと降る夕暮れ
濡れた開き戸を勢いよく開けて
純子ちゃんと太い声
純子ははっと気づき
あの時のおばちゃんが来てくれた
昼間出会ったあのおばちゃん
懸命に草むしりをしていても
泥と汗まみれの顔で
わたしの一挙一動を一瞬も洩らさず凝視していた
あのおばちゃんが来てくれた

いたいけな少女が
ぼろを縫い合わせた糞掃衣《ふんぞうえ》*2の
白装束に身をつつみ
コツコツと金剛杖を土にあて
半歩ずつ歩む小さな個体《からだ》

可憐な顔を凜々しくして
頭から菅笠をかぶり歩いている
衣裳《ころも》の下の張り詰めた思いが
いまにも飛び出てきそうな息づかい
この少女の様々な表情は
異様な気配を醸し出しそこここに発散していた
おばちゃんは少女の仕草を一部始終
優しく微笑みながら冷静に追っていた

おばちゃんの独白

わたしは二親を知らない
名前も顔も知らないで育った
そればかりか、わたしの名前君子も

どこかの誰かがつけた名前と後で知った
君子には父母という言葉は
冷めた虚言にしか聞こえない

わたしの過去は生きる糧を得るために
嘘や妬みや欲望にひた走るなど
貪りつくして生を繋いできた
心底には、いつも
奈落の境遇に落とされた怒りが全身を犯してきた
この肉体が熟れる頃には
いつのまにか肉体《からだ》を売って
お金を稼ぐようになっていた

わたしの心身が犯した罪は過去のなかに堆積している
今も、罪の重さがのしかかり
わたしを土中に生き埋めにする
今更、どんな苦行の修行を行い

禊[*3]を重ねても
犯した罪が消滅し浄められることはない
しかし、時おり
いつの日か、煩悩に噛み殺される夢をみる

正直に告白すると
一度だけ、神にすがったことがある
十年前、自身の過去を悔やみ
石鎚山の西の遥拝所
かねの鳥居を構える星ヶ森
あの方[*4]が岩場にて星供の密行をなした
弥山を頂く聖地[*5]で禊を祈願した
全身全霊で禊の儀礼を奉納した
星ヶ森の祠は風雨に晒されて崩れ
お姿も潰れた石仏が並んでいた
顔が半分割れたお地蔵さまをみると
その顔はわたしの顔だった

わたしが独り、そこに座していた
わたしの心を串刺しにして
わたしを自縛した
深いところにいたわたしの信仰心が火を点けた
遠い日に聞きかじった
薄ら覚えの般若心経を一心不乱に唱え
夜を明かすまで誦経三昧に己を埋没させた
その様は何かが憑依したと
星ヶ森は恐怖が襲った

あれから十年余り
あの時の脅威は心で眠っている
なぜか、もう一度神に祈願する気持ちは生まれない
神に頼った最初で最後の秘事
この事実を人に話したことはない
これからも話すことはないだろう

君子の罪

わたしの罪
わたしを蝕む罪
わたしは汚れている
若い男が若い女の肉体への貪りを
貪欲に利用し無数の男を引き込んだ
男たちはわたしのなかに射精して
一時《ひととき》の欲情を満たしてきたこの肉塊
欲情を知りつくしているこの女体
あの獰猛な男どもの絶頂を
この生身が体受して
頂点を官能する肉
この肉体にはあの男たちの雄叫びが

今もこびりついて
時に、この生身に紅い炎が襲う
わたしは許されない

重ねた罪は業[*6]の種子となり生命《いのち》つきる日まで
この心身を蝕み続け苛むだろう[*7]
それはかりか
この個体が死滅後も解脱[*8]の道は閉ざされ
地獄の餓鬼として
あるいは意志のない畜生として
非業の生死を反復する
それは無窮の輪廻
六道[*9]のなかを転生するわたしの定め

わたしがどうなろうとわたしの運命
わたしの未来は絶望の生き地獄
しかし、目の前にいるこの少女、純子ちゃんには

こんな重たい荷物を背負わしてはいけない
平坦でいい
安寧で真っ直ぐな道を歩むように
わたしが見守らなければならない
これがわたしの使命
君子は強い決心を心奥に溜めていた

おばちゃんとの邂逅

熱い昼間
通りすがり
膝小僧まで田に浸かり
雑草刈《と》りをしていたおばちゃんと
通夜堂で再会した

この女性の放つ視線が真っ直ぐ肌のなかに
入り込んでくる感触に少女は緊張した
この人の鋭気は
世間の様々な虚栄や
物慾にとらわれない信念を
心の芯に宿していると少女は直感した

この人はわたしを哀れみだけではなく
深いところからわたしを見ていてくれる
親切でお母さんみたい
それでいて厳しさを芯にもっている人
眼を合わせ、見つめあうと
なぜか涙がこぼれてくる
それでも、女性の真意を確かめるように
浅黒く日焼けした女性の眼を見て
間違いないと確信した瞬間
女性の胸に飛びつき

堰を切ったように何もかも忘却《わすれ》て号泣した
名も知らぬ親切なおばちゃんから
風呂に入って、身綺麗になりましょうと
古い農家だけど、一人暮らしだからと誘われ
リュックサックと風呂敷一つの持ち物を調え通夜堂を出た
二人の成行きを見ていた
お爺ちゃんやお兄ちゃんは良かったねと
笑顔で送り出してくれた

おばちゃんの家

外は朧月夜だった
世界の隅々まで銀色一色に染まり異界を思わせた

足許はほどよく照らされ難なく歩けそう
しばらく歩くと粛然とした里山に着いた
そこは薄い闇が下り
ひっそりと寄りそう農家はお伽の住み家を思わせ
この辺地一帯は一切の生気をなくしている

直ぐ藁葺きの家に着いた
座敷が二間と泥で打った土間がある住み慣れた家
人の気配がなく森閑としていた
お風呂場の重たい戸を開けると二畳くらいの広さ
真ん中に五右衛門風呂があった
『風呂が沸いたよ』とおばちゃんの大きな声につられ
風呂場に入ると
湯気が天井柱まで切れ目なくモヤモヤと上がっていた
お湯はたっぷりと入っている
何日ぶりの入浴だろうか
少女は衣服を投げ捨て

湯舟にゆったりと浸かり
お湯の気持ちよい感触に浸っていた
随分、昔
お母さんと入った風呂……
かすかな思いのなかに浸かってゆく

暫くして
おばちゃんが豊かな胸を揺らしながら
恥部も隠さず
笑顔を咲かして入ってきた
湯舟いっぱいのお湯は
悲鳴をあげて溢れ出す
それでも無言のまま
二人でお湯に浸かっていた
いつのまにか少女は
おばちゃんの胸に顔を埋めて
人肌の暖かさを実感していた

今は至福の時間《とき》
いつまたこの幸せが訪れるか
そう思うと一層強くおばちゃんにしがみついた

お風呂から上がると
綺麗なゆかたを着せてもらい
厚いふかふかの座布団に座ってと眼で合図
目の前の大きなテーブルには冷たくて甘い寒天が
かわいい硝子の器にのっかっていた
しばらく
たわいのない話に興じていた

今夜はここで一緒に寝ようと
布団を二つ並べて敷いてくれた
お陽様をとどめたふわふわの布団に
大の字になって
乗っかかり

じっと天井を見る
すすけた天井もやさしく見守ってくれている
今、目の前のすべてが
わたしを至福のなかに迎えてくれている
幸せの実感に溺れる少女

おばちゃんの教え

少し眠くなってきた頃
おばちゃんは手垢のついた一冊の本を広げ
わたしに話し出した

女性は
永久《とわ》に麗《うるわ》しく

永久《とわ》に慎《つつ》ましく
永久《とわ》に清《きよ》く
永久《とわ》に優《やさ》しく
野辺の可憐なる白百合《しらゆり》の如くあれ[*10]

一気に読み終えて
再びゆっくり諭すように読み返した
少女の眼を覗き込み理解しているか否か質しながら
少女は眠たかったが
必死に眠気をおさえて誠意に応えようとした
さらにおばちゃんは言葉を続け
これからは、華奢な飾りやかまえ[*11]を無くしてほしい
一人の女性として愚痴や貪欲や怒り[*12]を捨てて
女性らしく身を処してほしいと
ごつごつした両手で純子の両手を固く握り
少女の目に焼き付けた

この言葉は少女の意志に刻んでほしい
中年女性の切なる願いの言葉
ほかならぬ女性自身が深く切望してきた心の支え
もしも、この身の汚穢をはらって
清浄に戻ることが可能ならば、と
心の奥にしまっていた
過去の過ちが理想と現実の乖離を大きく引き離し
心身を憂いの井戸に落とし入れた
理想の言葉と夢想の思いになり下がった言葉
中年女性の過去に殺された切願の言葉

純子ちゃん
わたしは穢れた身
過去に犯した罪は自業自得となり
業*[13]は罰を応報し
業の仕打ちにあい
おばちゃんは幸せになれないと思う*[14]

純子ちゃんは何も穢れていない
それどころかお母さんを探して
四国の辺地を遍路して精進している
純子ちゃんには
森羅万象におわす八《や》百万《およろず》の神仏の加護がある
純子ちゃん
おばちゃんに代わって
きれいな花を咲かしてね
それがおばちゃんの願いです

女性の固い涙が
少女の顔や胸に落ちている

少女にまつわる因果

少女は母を知らない
天涯孤独の独りっ子
物心がついた頃から母に抱かれた記憶がない
ましてや父のことなど知る由もない
この少女の不遇な境遇は何なのでしょうか
ようやく十二歳を数えるこの少女に
降り掛かるこの報《むく》いは
幼気《いたいけ》なこの少女の過去がなしたというのでしょうか
それとも誰かが起こした業が
少女に転移したというのでしょうか
悲惨な少女のこの世での巡り合わせは
少女が生死流転した迷いの世界*15からの
因縁果の応報だというのでしょうか
もし、そうだというものがいたとしたら
その人は人間の面をかぶった鬼魅だ
あまりにも惨すぎる

この応報は非情の仕打ちだと
時空も怒りを憤懣している

本祭り

宵祭りの次の日は本祭り
夕方を待ちきれずに、少女とおばちゃんは手を繋いで
だんじりが出発する会場に着いた
既に大勢の人が集まり
いまかいまかと高まる気持ちを胸に秘め
あちこちで大きな声や談笑や奇声が起こっていた
少女は祭りが嫌いだった
母とこれまで祭りにきたこともなく

屋台に並ぶ綿菓子やお好み焼きなどを食べたこともない
祭りに集う人々がなぜ、こんなに談笑しているのか
祭りがなぜそんなにも楽しいのか
少女の肌には理解できないことだった

人をかき分け
おそるおそるだんじりに近づくと
伝統と煌びやかな格式を身に纏う
だんじりが五十台余並び
脇には彩色豊かな揃いの衣装を身にして
整然と居並ぶ神の僕たち
ここだけは別世界の趣を演じていた
だんじりには明るく放つ数々の提灯が飾りつけられ
群衆の羨望をことごとく集め
今、この空間を圧搾し
全ての時空を支配している
この大地はだんじりがものと

無数の火の光が絶頂している

君子を蝕む業の本性

孤独な日々を歩む君子の古郷は
離農が進み限界集落となっていたある寒村
この部落は寺組といい、お寺が芯にあった
この村に兄と慕う青年がいた
名前は確か之《いたる》と言った
この青年は寺の小僧をしていたが
親しく話をしたこともない
この青年もどこからか拾われてきたという噂を聞いた
幼少の頃から悲しいことにあい、しょんぼりしていると何かと激
　励してくれた

時おり、用事の途中で会うといつも笑顔をくれた親切な人
之さんはあの頃から、いつも心のなかに住んでいた
わたしが叱られて落ち込んでいる時には
どこからか必ず現れて
小さい声で
しかし、笑顔を絶やさず
わたしの気を紛らわしてくれた

あの青年が今も
祭りの賑わいをよそにどこからかわたしに話しかけてくる
君が苦悩している業[*16]とは
生きてきた営みのなかで
為した悪行、災いによって
因縁が果として応報する
この真意は
君が自ら行った行為の是非を
君自らが主体的に判断して

悪しき行ないが強いと思うならば
祭祀により
布施により
苦行により
あるいは断食により悪行の因縁を払拭する[*17]
この行為が業の応報から救済される手段であり
清浄できない悪業はないと
この青年は必死に耳元で告げている

さらに彼は見覚えのある冷笑を浮かべて
業とは、意《こころ》のしこり[*18]であり
執拗な形相を君の頭のなかで示すだろう
業は誰もが認知でき、誰とも認知し合う形を持たず
君という個体の
君自身の想像によって
君の個体のなかに作り上げられたもの
そんな想像物に苦悩しているのだと

思いのなかの青年は嘲笑う
あまりにも分かりやすい言葉が
眼前に繰り広げるだんじりの魅力と重なり
全身が引きずり込まれてゆく

君はまだ死んではいない
君の心身は今も脈動して
こんなに生身を晒している
その君が
死の今際で何を為すのかによって
一人の人間の死後が決まると創造した人がいる*19
その心意は
まだ死んではいない時点で
死後のことでくよくよ悩むのは止そう
生きている間は精一杯
今の時を生きようというメッセージだ

しかし、君は君の理屈で
これまで悩んできた
その悩みをここで止めよう
さあ、大きく眼を開いて
君の横にいる少女をご覧
君の手をしっかり握って
放そうともしない
それは君の全身を信じているからだ
君も内心この少女を今の境遇から
救い出したいと考えているだろう
君と少女の二つの心は以心伝心している
これもこの世の奇縁かもしれない
その少女と君のこの世での不思議な邂逅を喜ぶべきと思う

さらに青年は積年、溜まっていた思いをぶつけた
これまでの君が為した過去は
人間の無明[*20]が根源の原因となっている

生来、人間は感性的な充足に陶酔し耽溺している
贅沢な生活をしたい
豪華な衣服を着たい
贅沢な食事をしたい
様々な遊興に耽りたい
限りない欲求の充足を優先する人間の煩悩
こういう人間が弱さを克服し
人間の生の期間を生き抜くには
どうすればいいのだろうか
欲望という煩悩に心身を燃やさないためには
何かの精神的支柱が必須ではないのか
もし、なんの縛りもないとしたら
生きている間にどんな悪業をしても
死後には一切不問になるとしたら
我々は、生命《いのち》ある期間をどう過ごすだろうか
決して楽観できない不安が大きく湧き起こると
危惧することは明白だ

おそらく誰もこの疑念を払拭することは不可能だろう
人間の本質的弱点に
欠陥ともいうべき資質に
衝撃的で根源的な解決思想を希求することは
歴史とそこにうごめく無数の衆人が切望するのは
当然の帰結と思われると一気に吐き出した

祭りの騒めきのなかで
突然、君子は驚きの声を上げてのけぞった
少女はびっくりしておばちゃんの肩を抱き
手を力強く握りしめた
『どうしたの』
『なにがあったの』
何度も堅い声と鋭い眼でおばちゃんの意識を呼んだ
おばちゃんは我にかえり
低い声で『大丈夫』
『もう、大丈夫』と繰り返した

しかし、君子は悪夢に侵されながら
黄色い青年の言葉を追っていた
少女はこの女性が尋常でないことを
敏感に生肌で感じていた
このおばちゃんも何かに囚われている
不幸のどん底にいるのかもしれない
わたしと同じ、可哀想なひと

今も、君子の意思には青年の声が聞こえている
そこには何事にも動ぜず
むき出しの言葉で論破する青年がいる
行為は業となり
悪の行為は悪因の業となり
善の行為は善因の業となる
悪因の苦果[*21]は君の過去
善因の楽果[*22]は君と少女の二人がこれから織りなす行為
なぜなら君もあの少女も

断善根[*23]を断ってはいない

業は死後、輪廻としてつきまとう
それは個人の死に際して
生気や明知と生の記憶とともに
身体に付随して来世に繋がってゆくことになる
そして、来世では、その業に相応しい結果を得る
業の良悪によって
来世では善人になることも悪人になることもある

この思想は悪業は悪果を呼応し
善業は楽果を呼応するといわれ
因果応報の法則として
宇宙を統御する絶対的真理[*24]と説かれている

少し難しいと思うが、もう少しだから聞いてほしい
これを仏教では「縁起の理[*25]」といい

表象空間で発起するすべての現象は
この普遍的因果法則に支配されると
表象空間で生きているすべてのものの
精神界はこの法則に束縛されることになるという

業とはこういうものだよ
業に取り憑かれているおまえは愚か者
間違いなく社会の底辺で生きている衆生の一人
青年は嘲笑の姿態を見せて君子を見ていると思った

どこか見えない空間からあの青年が私を見守ってくれている
そして君子も少女も業に支配されず
これからは過去の束縛から解放されて
自由な生活を取り戻せという
嘲笑に隠した箴言かもしれないと君子は感じた

すると青年が再び現れて反意の持論を述べだした

業と因果応報の考えは人間の弱さを克服して
個々の人間の正常な人生をまっとうする
あるいは人生目標の成就を促すことです
しかし、この思想は
我々が暮らしている
今日の社会では完全に陳腐化している
なぜならば、人間の生前の行為が
何故、不明なる死後に及ぶのか
これこそ不条理ではないかという反論がある
今更、いや今もって
死後の世界の存在を主張しても
誰もが証明できないでいる事実を
衆人も熟知している
つまり、この思想は既に陳腐化している

そこで新たな思想の創造が求められている
それは何も仏教の業や因果法則の理論に頼らず

人間の倫理観にゆだねるべきだ
本来のあるべき姿勢として
倫理性を高め精神的支柱に昇華させる
この方向観を現代の新たな課題として取り組み
人間らしい新たな価値観を創造することではないのかと
青年は青年らしい新しい考えの言葉を発して
どこかに消えてしまった

業の縛りを自ら解け

之《いたる》という青年は中年女性君子の頭の中で生き続け
人間の煩悩の根源である業の功罪について検証した
青年、之の論理
必ずしも正しからずや

業とは人間が想像した産物であり
人間の弱さを克服し
個々人の人生目標を
短い生存期間で成就するために
あるいは人生を平安にまっとうするために
先人が工夫し教理とした思想論理であるはずだ
したがって
業の観念を個々人の心から払拭できれば
業による苦しみから離脱できるはずである
もっといえば
業とは己の自由意志に基づいて
自由に操作できるものであり、この意味は
己の運命は自らの手中に有することを諭している
ここに、個体から業の縛りを解きはなつ解のヒントがある
しかし、それには
我々が欲求充足にひた走るのではなく

個々人が行動規範を自覚し
実践する意志が求められる
そして煩悩の中核となる
自利と他利の最適なバランスを
どう構築すればいいのか
あるいは
自利と他利に惑わされない次元に向かうには
何が不可欠となるのか
この問いに謙虚に真摯に立ち向かっていかねばならない

そして歩く

どこかにあるはずの純子と君子の二人の
菩提へ通じる道を探しに歩こう

二人でこの遍路を歩もう
そこは絶対の幸福が体得できる境地かもしれない
これから生きる意味を存分に味わえる
トポスであることを心願して
歩いて行こう

＊1　愛媛県西条市。嘉茂、石岡、伊曽乃、飯積の各神社の祭礼が行われる。『愛媛民俗伝承の旅　祭りと年中行事』愛媛新聞社　二四頁。
＊2　糞掃衣とは糞を拭くのに用いたような汚いぼろ布から作られたもの。袈裟衣ともいう。『仏教思想へのいざない』横山紘一　大法輪閣　九七頁。
＊3　禊とは、身の汚穢を払って自己の身体を清浄にすること。さらに神の霊を自己の霊に注ぎ入れること。この場合はみそぎを霊注と書く。『仏教思想へのいざない』横山紘一　大法輪閣　二二頁。
＊4　あの方とは弘法大師空海を指し、四十二歳の時、この地で星供の密行をしたことで星ヶ森となった。
＊5　石鎚山の西の遥拝所で、江戸中期・寛保二年に建立された鉄製鳥居越しに石鎚山の弥山を遥拝できる。
＊6　マハーヴィーラが開祖したジャイナー教は、「人間の行為の結果である業が人間の霊魂を汚し束縛しているので、苦行によって心身を浄め、霊魂の本性を明らかにしなければならない。」と主張し、「徹底的な不殺生（アヒンサー）」の思想を説いた。『心の発見』浅野孝雄　産業図書　一二六頁。
＊7　現在世の自己のあり方は過去世の業に由来し、現在世の自己の業は、未来世の自己のあ

り方を決定する。『仏教思想へのいざない』横山紘一　大法輪閣　三四頁。

＊8　ブッダによれば、人間は五蘊という火であり、その火を掻き立てて苦を増大する原因となるのが三毒に代表される煩悩である。その三毒を滅する方法を学び、それを実行することによって悪業から解放される。そうして初めて、人間は輪廻と再死、再生の運命を脱することができる。『心の発見』浅野孝雄　産業図書　一四六頁。

＊9　六道とは、衆生が善悪の業によっておもむき住む六つの迷界、地獄、餓鬼、畜生、修羅、人間、天を指す。

＊10　『娘巡礼記』高群逸枝　岩波文庫　一八二頁より引用・加筆修正。

＊11　かまえとは、信仰は心のなかの宗教的なかまえであり、重層的な構造を持っている。人間の生活活動は、かまえとおこないがある。おこないは心の内面的なかまえを基礎として出てくる。『宗教学』岸本英夫　大明堂　三五頁。

＊12　三毒といい、心の汚れ（煩悩）は大きく生理的束縛をもたらす汚れ、認識的束縛をもたらす汚れがあり、生理的束縛には貪（とん）、瞋（じん）があり、認識的束縛には癡（ち）が該当する。『仏教思想へのいざない』横山紘一　大法輪閣　一一三頁。

＊13　業とは、個々の有情において、その過去および現在において生起しつつある因縁のすべてが、その心身に埋め込まれていることを意味する。系統発生（進化）、個体発生（発達）、成長（個体史）の過程において獲得したもののすべてが業である。『心の発見』浅野孝雄　産業図書　一四三頁。

業とは人間存在、広くは生きものの本質であり、身業（身体的）、口業（言語的）、意業（意志的）の三業をいう。意業（思業）が根本であり、意志のないところに善悪は論じられない。意は思量、末那ともいい、心を表す。『仏教思想へのいざない』横山紘一　大法輪閣　七二頁。

＊14　不善業に該当する。不善業には殺生、偸盗、邪淫、妄語など十の種類がある。『仏教思想へのいざない』横山紘一　大法輪閣　七五頁。

＊15　生死流転する迷いの世界から超出し、死ぬことも生まれることもない安楽な悟りの世界

に到達することを涅槃という。『仏教思想へのいざない』横山紘一　大法輪閣　一〇二頁。

＊16　ヤージュニャヴァルキヤが言う業とは、人はよい業によって善いものとなり、悪い業によって悪いものとなる。人間の死後の在り方を決めるのは、その人間が生きている間に行う行為の全体である。業は人間が死ぬときに、生気や明知と前世の記憶と共にアートマンに付随していき、来世において、その業にふさわしい結果を得る。人間は自らの運命を自らの手中に有する自由と主体性の思想を確立した。『心の発見』浅野孝雄　産業図書　一一五～一一六頁。

アートマンとは、原初には肉体的、精神的意味の自己（固我）としていた、つまり個体の本質、我の本質であり、ここにはいかなる神の関与はないと考えた。アートマンは光そのものであり、ものを照らし出すこと、すなわち認識をその本性として、諸機能を統合する。『心の発見』浅野孝雄　産業図書　一〇七、一〇九頁。

＊17　バラモンたちは、ヴェーダの学習により、祭祀により、布施により、苦行により、断食によってアートマン（聖者）を目指す。『心の発見』浅野孝雄　産業図書　一一七頁。

＊18　業とは意志を帯びたもので、善悪の価値づけされる行為をいう。それは心を持つものに固有の意志的行為である。三業として、身業、口業、意業がある。『仏教思想へのいざない』横山紘一　大法輪閣　六〇頁。

＊19　シャーンディリヤは、人間の死後の在り方は、臨終時の意向によって決定されるとした。これでは、生きている間にどんな悪いことをしても問題にならないことになる。『心の発見』浅野孝雄　産業図書　一一五頁。

＊20　無明とは明らかでないこと、知らないこと、つまりこの世の根本真理を知らない無知をいう。根本真理とは縁起という真理であり、宇宙に普遍する永遠の真理をいう。『仏教思想へのいざない』横山紘一　大法輪閣　五四頁。あるいは自我が存在しないという無我の理を悟っていないことをいう。同九一頁。

＊21　楽因楽果、悪因苦果としてブッダに引き継がれた。『心の発見』浅野孝雄　産業図書　一一五頁。

＊22　善いことをすれば、楽なる結果を得る。『仏教思想へのいざない』横山紘一　大法輪閣　五七頁。

＊23　善根を断った人、すなわち善行為を行う力（根、インドリヤ、何かを生み出す力）を完全に失い、もはや決して涅槃に達することができない救い難き人。『仏教思想へのいざない』横山紘一　大法輪閣　五八頁。

＊24　無前提の原理であり、根拠を探求することは愚かで無意味としている。換言すれば、真理であり、理法であり、ダルマという。『仏教思想へのいざない』横山紘一　大法輪閣　五八頁。

＊25　縁起の理とは、此れあれば彼あり、此れ無ければ彼なし、の法則。『仏教思想へのいざない』横山紘一　大法輪閣　三一八頁。その原動力は、可能力として、他からの働きかけ、つまり縁によって具体的な力となって働く。同八一、六一頁参照。

『中論』の縁起とは、相依性つまり相互依存の意味としてとらえている。これは行為と行為主体とが互いに離れて独立することは不可能であること。行為によって行為主体がある、またその行為主体によって行為が働く、その他の成立の原因を我々は見ない。

相依性とは、甲によって乙があり、乙によって甲がある、という意味。詳細は『龍樹』中村元　講談社学術文庫　一八二頁以下を参照。

鬼の住む峠——自利を捨ててゆけ——

わたしはひとりぼっちの女の子
お母さんを訪ねて
四国の遍路を歩いています

口汚い祖母が言うには
お母さんはある日、突然に
何かに取り憑かれ
お参りして来ると家を出て
帰って来ない
だからわたしがお母さんを
探して歩いている
お母さんが何に取り憑かれたのか

その素因は分からない
何かの拍子に
いてもたってもいられない衝動が全身《からだ》を震わせ
阿弥陀様が呼んでいると口走り
狂ったように出て行ったと村の人からか聞いた

お母さん
どこにいるのか分からない
わたしのお母さん
待っててください
わたしが迎えに参ります
それまではどうか壮健でいてください
心で念じる少女の脳裏には
狂気の母の風体が
今も生々しく写っている

母の悲哀はうすうす感じていた

本家、国木屋の跡取の叔父という
化物が引き起こした兄たちへの虐待が
母の深い悩みの渦となり
意[*1]の深淵で滞留し
時には松明のように燃え上がり
鬼畜がなす虐待への
拒否の情念が
五蘊[*2]の理の均衡を決壊し
個体の意《こころ》を破滅させている
元凶はあの鬼の仕打ち
あの畜生と罵り
金剛杖を一段と土道を一段ときつく叩き
ゴンコツと鳴る反応音に
膨張する憤懣をのせて
それでも必死に耐えて歩いている

この細道の先は

鬱蒼とした森のなかに潜む
暗い峠があるはず
この峠には悪しきものが待ち構え
心に傷をもつものが通ると
通行人の汚濁を見破り
谷の底に落としてしまうと
昨夜、物知りのおじさんが密かに
誰かとひそひそと話しているのを耳にした
純子は耳を塞ぎ
聞きたくはなかった
もしかしてと
恐怖の予感が胸をよぎる

純子の母を虐めていた
あの鬼のような男が
大樹の陰に隠れて
純子を待っているのだろうか

あの鬼は母を苦悩の底に蹴落とした
そればかりか
あの鬼は無礙な二人の兄を奴隷のように扱き使った
この言葉が純子の体内を犯している

書物の山に埋もれ
寝食を忘れて知的好奇心を志向していた
長兄の智慧意欲を略奪したばかりか
愚者どもが閉じこもる
希望の光が見えぬ地下の井戸に落とし込んだ
万事、優等生であった長兄を眼の敵にして
叔父への服従態度が悪いと
理由もなく顔や身体を殴り
役立たずと罵倒していた

母と三人の子の惨めな姿は村人に知れ渡り
暴力による叔父の威圧と

分限者で村の長老格と称された名家の前に
誰もそしらぬ顔をした
しかし人望は廃り
これまで培ってきた徳と誇りは瓦解し
村人は一層寄りつかなくなった
叔父はこの立場を曲解し
俺の力が誇示されている
村人め、思い知ったかと
傲慢で高飛車の虚勢を崩さなかった

またあるときは
折檻のために次兄を獰猛な牛小屋に入れ
兄の顔や体中が牛の糞だらけになり
許しを請うた兄の無念さを
あの鬼は嘲笑っていた
兄の心をずたずたに引き裂いた悪魔
あの鬼が潜んでいるのだろうか

夜道を照らすものは
月の光《あか》りと
小さな懐中電灯
これでは足許さえもおぼつかない
心細い、怖い
ぶるぶると身体《からだ》はふるえ
ドキンドキンと動悸が胸をつき破る
この夜道を歩いているのは純子だけ
誰の声も
野獣の音も
どこからも聞こえてこない
あるのは目の前の暗闇
純子はたまらず慟哭しながら声をあげた
神様仏様
わたしをお守りください
お願いしますと

手を合わせ
切実な哀願を暗闇に
何度も何度も放ちながら
それでも歩いている

純子が悪いのです
こうなったのもすべて純子が悪いのです
祖母の家でのわたしの生活は荒んでいました
鬼を育んだ祖母という観念にとらわれ
わたしはなにかにつけて虚偽に満ちた生活が
祖母への復讐と胸のなかで思っていました
それだけではありません
近くの八百屋でおばあさんの眼を盗み
チョコレートなどを万引きしました
戦利品は古小屋で悪友と食べました
万引きは度胸さえあれば
たやすくできると自慢し悦に感じていました

赦せないのは
人を疑うことを知らない店番をしていた
おばあさんの心を踏みにじったのです
ああ、なんて卑劣なわたしの意《こころ》*3

わたしはあの鬼と同じです
あれほど嫌悪し軽蔑した鬼と同じ意をもった
畜生にも劣る
卑劣なものになってしまったのです
阿弥陀様
無量の光を放つ阿弥陀様*4
無量の寿を賜わる阿弥陀様*5
わたしは阿弥陀様にお祈りしてもいいのでしょうか
両手を合わせ南無阿弥陀仏と
一心不乱にお経を称えてもいいのでしょうか
心の芯から念仏し許しをこうことが

わたしには許されるのでしょうか

暗闇で何も見えない天に向かって
泣き叫んでいた純子という名の少女の行為
この暗い細道は
わたしに来るなと無言で脅すのです
この道は
生きて
生きて
生きて
真摯に生きてきたものが
それでも鬱蒼なる心を引きずるものが歩く道
潔斎の覚悟を心身に自縛できないおまえが
歩く道ではない
生半可なおまえなどどこかへ消え去れ

暗闇の森の奥の奥の細道が

わたしを恫喝しているのですか
それとも慟哭しながら恫喝しているのでしょうか

この道は死に取り憑かれたものが迷う道
父を亡くし
母を亡くし
兄を亡くしたものが
悲痛の叫びを肉体《からだ》に隠し
暗い細道を歩く道

心身に死者が張りつき
足が欲しいと
肉体《からだ》が欲しいと泣きじゃくる
わたしの頭には父が喰いつき
わたしの胸には母が吸いつき
わたしの背には二人の兄が抱きついている
わたしの意識は重たい肉体を引きずりながら

この坂道を歩いている

湿っぽい細道を覆う暗闇はわたしに言う
おまえの肉体には熱い火が燃えている
この絶望のなかで
今、燃えている
おまえが燃やす焔には何の思いがあるというのか
闇が詰問する言葉
何度も何度も個体を駆け巡る

峠のむこうから
暗い闇のなかを
木々の葉を揺らして
恐ろしい風が降りてくる

ここを上りたければ
おまえの意を

この暗闇の夜景に捨てろ
誰も見ちゃいない
過去にとらわれている
おまえの意の
怨憎《おんぞう》の根を
苦の幹[*6]を
この樹海に捨ててゆけ
誰も見ちゃいない
闇の中に安心して捨ててみろ

おまえの意が捨てるといえば
ここに住む鬼どもが野獣となり
泥まみれのおまえの過去の意を喰い尽くしてくれる
さあ、どうする
過去の怨念を生き甲斐とする
おまえの生の鼓動は霧のように消えて
一人、ぬかるみの海に放り出される

羽目に陥るかもしれない
しかし、それを恐れるのか
しかし
しかし
どうする
決めるのはおまえの意だ
これがおまえの生の息吹の代償だ
これが生を繋ぐための決死の覚悟だ
さあ、どうする
いつまでも悩んでいるのか
夜が暗闇の網を降ろしている時間は長くはない

家なし子
父なし子
悩乱の母の子
兄を知らない子
生涯、独りぼっちの子

てんじょうてんがゆいがどくそん[*7]と思っているのか

どこからか
誰かが発しているのか
言葉らしい声が聞こえてきた

愚陋な純子よ
いつまで
自利の罠に閉じこもっている

颪
闇の中の颪よ
叔父がなした鬼の悪業を
どうすれば赦すことができるのでしょうか
母の苦しみや
兄たちの苦しみ
そしてわたしの苦の思いを

どうすれば許されるのでしょうか

＊1　意（manas）、思考、心（citta）は識（vijñāna）と同義異名（八九頁）。意は法（ダルマ）を対象とする根で有り、意識（mano-vijñāna）を生み出すが（一三九頁）、他の五蘊をある程度取り入れ、解釈する働きを有する（一五七頁）。『古代インド仏教と現代脳科学における心の発見』浅野孝雄　産業図書。

＊2　五蘊とは、現に燃えているところの五つの火（炎）であり、この五つの火が混じり合って一つの火となったものが意識である。ダン・ルストハウスは五蘊とは、色（認識の対象となる物質的存在の総称）、受（我々が何かを認知するときに生ずる快、苦、不苦不楽などの印象、感覚）、想（事物の形象を含む特徴を捉えること、心に思い浮かべること）、行（為す、作るおよび共にという動詞語幹を含む複数名詞であり、有情、形成力、現象世界の生滅変化する全存在、思考形成力、欲望・意欲、志向など多様な意味を有する）、識（区別することによって知る、認識するものであり、了別とも訳す）という。意識は全ての蘊を燃料として燃える火、プロセスとして個人を個人として特徴づけるものであり、それ自体として存在するものではなく、常に何かを捉えて燃えているものである。識は次々に新たな燃料を求める。最大の燃料は「思」が引き起こす「煩悩」である。『古代インド仏教と現代脳科学における心の発見』浅野孝雄　産業図書　一四〇〜一四五頁。

＊3　ここでは八正道を犯していると言う意味。ブッダは不苦不楽の中道を特徴とする八正道で悟りを開いたと言われている。八正道とは、正見、正思惟、正語、正業、正命、正精進、正念、正定を指している。『古代インド仏教と現代脳科学における心の発見』浅野孝雄　産業図書　一三四〜一三五頁。

＊4　無量光とは、陰をつくらない、何ものにも光が妨げられない普遍の光をいう。『歎異抄

にであう』阿満利麿　NHK出版。

＊5　永遠の生命の意味で、人間の業はそれほど深く、永遠の命がないと業を退けられない。『歎異抄にであう』阿満利麿　NHK出版。

＊6　四苦八苦を指し、生病老死、怨憎会苦、愛別離苦、求不得苦、五取蘊苦をいう。『古代インド仏教と現代脳科学における心の発見』浅野孝雄　産業図書　一三四〜一三五頁。

＊7　天上天下唯我独尊。宇宙間に個として存在する人間の尊厳の意味。「長阿含経」の「大唐西域記」には、菩薩生まれしとき、既に扶けずして四方に行くこと各七歩にして、自らいいて曰く、天上天下、唯我のみ独り尊しと。

この道は恒河[*1]へ続く道——誰もが希求を抱き歩く道——

覚悟とは

間怠《まど》う日常を捨て
意《こころ》に住まう故郷を捨て
血縁に結ぶ父母の系譜を捨て
ゆるやかな日常を共にする伴侶を捨て
迷夢する子を捨て
生の為した一切の縁《えにし》を捨て
未知の帳が隠す死出への門前
時の流れの澱みに溜まる残滓は我が思惟
徒労のものどもの屍が森を囲う

このありふれた小道に
一人の我
闇にまみれて立ちつくすことを
時空に寄りそう自然よ
黙許を

この道　自然のなかの道

この道は現空間を赤裸々に存す道
生きとし生けるものが
生意の影を心奥に秘めて歩く道
暗い陰の深夜には
野兎が、アオダイショウが、山猿が、猪が
時にはカモシカが獲物をめがけて死闘する戦場の道

ここは横峰寺[*2]へ通じる道

この道は恒河へ続いている

明日を生きる希望を過去が消し去ったと
自虐する女性が歩いている
幼少時に出奔した母を思慕して
捨てられた疑念を胸に
辺地を巡礼する少女が歩いている
死産で顔も知らぬ気狂いの小娘が
胎児の形見をこの母の肌身につけ
親子の情愛に触れたいと
濃霧が覆う恒河をさまよい歩いている
祖母と歩いた辺境の地に

肉親の絆を確かめたいと老境の男が歩いている
社会からはじき出され
遍路の山里を常住の住み家にする
乞食の巡礼者が歩いている
己の信仰力を見極めるように
自然の向こうの究極的なものに
触れ得ることを渇望する青年が歩いている
平穏な生活を破り
突然、我が子の自死に遭遇し
いまだ心身が病み、せめて供養をと
終わりなき遍路に人生を預けた老婆が歩いている

この道は誰をも拒まず受け入れてくれる
この道は過去の過ちを仮面に隠して歩ける道
この道は重い形骸を引きずり歩くものと出会う道
この道は究極的な信仰を求めるものが歩く道
誰をも、いかなる人間も迎えてくれるこの道は

生きとし生けるものに一時《ひととき》の平癒を与えてくれる
森閑とした山里の細道が
歩け歩けと
生きる自由を与えてくれる

自然とは

自然《じねん》に隠れ込み密かに息をしているこの道
有なる形相を現世に映し
無常の紙吹雪を散らし続ける現時の道化師
おまえは何を語りたいのか
おまえが存在する真意を必死に告げているのか
頼りない足取りで通り過ぎてゆく
限りある生命《いのち》に繫縛《けばく》するものは

現なる刹那の空間で
自然の肌に触れ
すぐさま我を覚え時の器で踊る様態
これは哀切の転変を表わしているというのか
否、そうではない
そうではない
個体の情動が不機嫌に幾度も幾度も反意を翻している
しかし、いかんや
空なる空間を識り得るための
五蘊の叡智は真理の核心にはとどかない
人間が誇示したロゴスをはるかに超える
異次元の世界の未知の空間

自然の何を知っているのか

眼前に識る自然とは何なのか
表象を覆い隠す広大な海が
潮風を吹き白浪をたてて迫りくる
高く聳える山野が
荒々しい岩肌を
時には紅葉の肌を
季節のメロディとなりて魅せてくる
自然よ
眼前を埋めつくしている自然よ
ここに存在するすべてが
おまえの全容なのか
おまえのすべてを現空間に存しているというのか
我々の個体は表象している表面を
狭小であろうその一端を
自然のすべてと錯誤して受容し、認識し
自己満悦しているのだろうか

我々に見える自然は三次元空間に限定され
時間次元さえ認知できないものに
カオスが混在する多次元の複雑系空間の
景観など知るよしもないと
それどころか、この自然の一端を
我々の感性が認識できるのは
人間を表象空間に繋ぎ止める
秘なるものの企図なる作意というのか

小石の散らばるほそみち
緑のはえる草木の群れ
湧き水を溜め清水の池をつくり
草陰を流れゆく水勢に
陽光が照らすのは
自然が為す遊戯と諭しているのか
絶縁なる向こう岸から
成就したと称するものが半鐘を打つ

有なるものよ、おまえたちの
「意識とは周囲を見ることだけだ」
「猿轡を嵌められ手足を縛られた人間*3」
「心は脳の幽霊*4にすぎない」と辛辣に吐き捨てる
我々が営々と為してきた生物進化の成果を
何の躊躇もなく一刀両断に切り捨てるものよ

自然が露出した表象の景観を知ることに
汲々と反応している人間という生物
これがおまえたちの限界点だと
人間の知力は井戸の底に沈んでいると
断言のギロチンが落ちてくる

崇高への道

自然が隠す空間には
一体何が在るというのか
そこは俗見の地だというのか
自然と人間が織りなすたわいのない現象の世界が
写し出されているだけだというのか
ここにも恒常の究極的真理は存在しないというのか
識りたい、識らねばならない
私意は焦燥し囃したてる
しかし、そこに行き着く細き道さえ
探知不能だと
自然の奥に存する隠然たるものは投げつける
もしも、そこに
我の魂が希求する
崇高なるダルマ[*5]への道が開いているとしても

それでも我々の個体の不甲斐なさを
黙視し、小さな声で断念しろと告知しているのか

反駁の意志

時は表象なる空間に遍満し
有限の時刻を打ち鳴らす
心身を寄せるこの個体は
ニルヴァーナ[*6]に憧憬して
満身の精励を現空間で実走しているのではない
ましてや
飄々と流れる無常の洪水にやすやすと
身をまかせているのでもない
不明なるものに反駁する方途に迷走しているのだ

言葉の真理は有の世界ではじける

我々人間は
景観を支える緑の海原と同じではない
しかし樹海は
常しえに生滅を繰り返して自然を華構している
人間も自然も時という水槽に閉じ込められて
大海原で朽ちてゆく
その様相は諸行無常の檻のなかで
溺れる凡愚な様相を見せつける

樹海も人間も有なる宿運の同根
しかし樹海を緑色の美観と感受する人間の思いは
絶対なる真実の一端であるはずだ
ひと時の儚きものが感応し感嘆した

唯一の真意な言葉
この感応の言葉は
時間の縛りとは無縁の自由なる空間に昇華して
非有の存在に成就するはずだ
表象空間で創造した言葉が
有の時空を超えて
悠久なる存在に転変すると人間の悟性は先走る
それは
時間の制約を超えて
無限の無のなかに溶けこみ
新たな未知の世界
空なる時限で歩み出す再生の発芽になると

しかし、これは有のなかの存在の概念ではない
広大無辺な無の次元に
有の領域が包含されていると仮立しても
この個体が認識する手立てはない

たとえ空間の世界に無と有の空間が
縦横に存在しているとしても
有の時限に存するものたちには
無へ開門する智慧は育たない
有がもたらした奇跡の発芽としても
その存在を有の個体の感性が
再確認することは絶対の不能

人間の生物的進化が革新的に進んだとしても
無限なる時空に存在するものを
有なる存在の人間が確認する手立てはない
この摂理は大いなる宇宙の理
人間に科せられた隔絶の差別
それは
未来永劫に続く不可侵の試練

真なる道とは何か

この道は朧気な個体が意識を緩め
樹林と野草と乾いた土に身を委ねる道
この心身が求める道とは何か
わたしの魂が求め
総身で満悦する道とは何か
その道は何処にあるのか

自我に詰問の矢を幾つも放てども
我の智慧はどこかに退散してゆく
わたしの意志が求める道は
ニルヴァーナへ続く道ではない
これだけは魂も意志も同意している
自我が切望する道は

現空間の広がる大地の
どこにもその裂け目すら
この心身の肌は感応を知らない

空のトポスは何処にある

現空間を超えた異次元の何処かに
空なる時空のトポスがあるはず
現存在を超えた幽なる時空に連なる道が
何処かに潜んでいるはずと
ブラフマン[*7]は吠えている
しかし、この道は俗見《ぞっけん》の道であり
真理への道ではないと
パルメニデス[*8]は冷ややかに説く

我が個体の本能は密かにすすり泣いている

再び歩いてゆく道

この道には何かがある
視界に写る自然のどこかに何かが潜んでいると
我の心身は確信している
それは風が吹く感触のなかに
木々や草花の匂いのなかに
永久《とわ》に生息してきた七曲りの小道のなかに
何かが囃したてて
この感性に呟いている

見えぬ空間よ

この意志の新芽に連なる道よ
おまえに邂逅したい
個体の為した現世の一切を背負い
縁起が誘う一切の縛りを胸に
今、この時
この小道に立ち
この意《こころ》に称えん

誰をも拒まず受け入れてくれるこの道
心に空白をもつものが
微かな希求を抱きしめて
澱む心身をなだめながら
一歩一歩歩む道
細く曲がりくねった道に
息絶えた思惟を葬り
星ヶ森*9の向こうに見えてくるはずの
弥山の先の

聖なる恒河の寂静の流れに
この心身をゆだね
夢想する思いに惹かれ
歩いてゆく
どこまでも
どこまでも
歩いてゆく

＊1　ごうがは恒河と書き、ガンジス川を意味する。ここでは四万十川を指す。

＊2　石鉄山福智院横峰寺。第六〇番札所。愛媛県西条市小松町石鎚二二五三。四国霊場のなかで屈指の「遍路ころがし」と言われている。

＊3　『心の発見』浅野孝雄　産業図書　七頁から引用。

＊4　『心の発見』浅野孝雄　産業図書　八頁から引用。

＊5　ダルマとは普遍真理を指す。

＊6　ニルヴァーナとは、悟りの境地、涅槃を意味する。『龍樹』中村元　講談社学術文庫　五九頁。

　涅槃とは、「平安で安穏な世界。生死流転する迷いの世界から超出し、もはや死ぬことも生まれることもない安楽な悟りの世界に到達すること」。『仏教思想へのいざない』横山紘一　大法輪閣　一〇二頁。

＊7　ブラフマンとは宇宙我を指し、個人の内にある個我（アートマン）とは異なる。『心の発見』浅野孝雄　産業図書　一一七頁から引用。

＊8　パルメニデスは、人間の進む道には二つあり、一つは俗身の道であり、多様性と変化に満ちた現象世界であり、存在しないものを存在するがごとく見せかける道。もう一つは真理の道、存在するものを存在する、存在しないものを存在しないと見る真実の世界として、唯一の有を主張した。『仏教思想へのいざない』横山紘一　大法輪閣　三八頁。

＊9　ほしがもりと言う、愛媛県西条市小松町石鎚、標高八一三メートル。横峰寺の奥の院、石鎚山揺拝所の古峠。

*

あとがき

伊予の巡礼中に、新居浜市の太鼓祭り（四国三大祭りの一つといわれている）と西条市の西条祭りに、幸運にも遭遇し、その神事に堪能することができました。

太鼓祭りは、豊作を祝う祭りで五四台の太鼓台が市中を練り歩く。西条祭りは、五穀豊穣を感謝する祭りで、約一五〇台の金糸刺繍に着飾っただんじり（一台約三トンの重さ）や神輿が繰り広げる祭事です。ここ数年はコロナの影響で未開催が続き、今年ようやく実行できたそうです。

太鼓祭りは厳かに進行する時空のなかで、自然と山車と人間の関係がダイナミックに調和されて幽玄美と禁忌の緊張感を醸し出し、この世の優美を再認識させて、誰をも堪能の潮に沈下せしめていました。

西条祭りは、豪華絢爛な山車を勇猛な人間が操り、人間の存在いまだ健在なりを大地に演出していました。久しぶりに見学した人間の躍動する姿に感嘆しました。伊予は《優と動》をいまだ現存していると強く体感しました。

阿満利麿は、『歎異抄』の講義のなかで、現世で本願念仏を唱えると、死という通過点を迎えて、浄土に往くことが可能になると、法然などが説いたと話していました。ここでいう浄土とは、一切の差し障りのない世界であり、清らかな土に覆われている場所を意味するそうです。但し、浄土に往くことは可能ですが、仏になる大仕事が残っている。つまり、浄土には往くことができるが、仏に成就したのではなく、仏になるための実績を積まなければならない、と強調していました。これは果たして正か非正か。真理か否か、私には知る由もありません。

私は浄土に往きたいという強い意志はありません。もっと端的に言えば、私の人生の終局をどう迎えればいいのか。死の時までに、私という人間の決着をどうつければ私自身が納得できるのか、漠とした心で留まっている状態です。私の意志は、全方位に白旗を掲げています。

私は宗教に帰依していません。信仰も念仏も修行も未知の世界です。しかし、宗教思想、宗教哲学が持している人間探求と真理へのアプローチについて、貴重で多様な情報を提供していると思います。

次の国は讃岐で、涅槃の門と言われています。涅槃とは何か、今の私の知識、感情、思惟では説く糸口さえ見当たりません。これは絶望の難題です。

また、この頼りない足と頼りない思惟で辺地を歩き、時空に佇む自然や空と対話しながら、ゆるやかな糸口を探るべく、心身の覚悟の緊張を持して体感すべきと、また歩かなければなりません。それは、果てしない思惟の世界を歩き巡ることになるかもしれませんが、ともかく歩け歩けと私を催促している私がいます。

《いよのみち》を閉じるにあたって、気になっていることがあります。それは、私の詩はセンチメントを超えているか否かです。すべての字句が情操の内に留まっているのではないかという危惧と自責です。今回の詩集のなかで、払拭した、いや超越したという自信は残念ながらありません。

しかし、私の求める詩の理想表現（形式、語彙、内容）として、センチメントを超える、この試行はこれからも、全力で取り組まなければならないと考えています。

四国遍路八十八ヵ所歩き遍路は、徳島大学・人と地域共創センター主催の実践学であり、四年かけて結願する計画で推進されています。徳島大学教授であり、センター長を兼務する田中俊夫氏自らが引率して頂けるものです。補佐役として、マラソンクリニックの指導者吉田みつる先生が心身の細かな指導を担っています。田中教授、吉田先生には一方ならぬご指導に、心よりお礼を申し上げます。

《いよのみち》の表紙は我が長女、中地美《あい》が描いた絵を採用しています。私にはない才能に敬服しています。

この著書の出版にあたっては、土曜美術社出版販売の社主、高木祐子氏にお世話になりました。厚くお礼申し上げます。

二〇二四年四月

中地　中

著者略歴

中地　中（なかち・あたる）

一九四八年　徳島県生まれ。
一九七四年　大阪経済大学卒業。
トステム㈱、㈶日本生産性本部経営コンサルタント、㈱ＮＥＣ（日本電気）総研主任研究員、ピップ㈱取締役専務執行役員を経て、松蔭大学観光文化学部教授および大和大学政経学部教授として教鞭を執り、現在に至る。
一九九五年　多摩大学大学院経営情報学専攻修士課程修了、修士（経営情報学）。
二〇〇一年　高千穂商科大学院経営学研究科博士後期課程学位取得修了。博士（経営学）。

市販著書（文学系単著および論文）
「市販著書」二〇〇七年『土に還る』産経新聞出版
　　　　　二〇一一年『自問　生意の探求』現代図書
　　　　　二〇一四年『死と愛――死の原郷と母の慈愛』土曜美術社出版販売
　　　　　二〇一七年『闇の現』砂子屋書房
　　　　　二〇一九年『孤高のニライカナイ』土曜美術社出版販売
　　　　　二〇二四年『四国遍路　あわのみち』思潮社
　　　　　二〇二四年『四国遍路　いよのみち』土曜美術社出版販売
「論　　文」二〇一四年『旅の魅力意識と今日的意義に関する一考察』松蔭大学研究紀要
　　　　　二〇一八年『詩の消滅危機の問題認識と提言に関する一考察』大和大学研究紀要

現住所　〒二七〇―二二一三　千葉県松戸市五香二―二五―二四

所属団体・文学系
日本ペンクラブ、日本現代詩人会、日本詩人クラブ、千葉県詩人クラブ、関西詩人協会、徳島現代詩協会、日本近代文学会、日本生命倫理学会、日本臨床死生学会、日本認知科学会、日本心理学会、人工知能学会、日本民族学会
詩誌「花」「玄の会」同人

四国遍路《しこくへんろ》　いよのみち

発　行　二〇二四年六月三十日

著　者　中地　中
装　幀　直井和夫
発行者　高木祐子
発行所　土曜美術社出版販売
〒162-0813　東京都新宿区東五軒町三―一〇
電　話　〇三―五二二九―〇七三〇
ＦＡＸ　〇三―五二二九―〇七三二
振　替　〇〇一六〇―九―七五六九〇九
印刷・製本　モリモト印刷
ISBN978-4-8120-2838-4　C0092